實境

照單全收

片 字 部 錄

圖解西班牙語單字

不用背！

一眼秒懂西語單字，理解西班牙文化！

靜宜大學西班牙語文學系助理教授 **鄭雲英** / 著

全MP3一次下載

「此為ZIP壓縮檔，iOS系統請升級至iOS13以上再行下載，其他系統請先安裝解壓縮程式或APP。此為大型檔案，建議使用WIFI連線下載，以免占用流量，並確認連線狀況，以利下載順暢。」

9789864541843.zip

Contents
目錄

PARTE IX 體育運動

PARTE X 特殊場合

User's Guide
使用說明

PARTE I
La casa 居家

10 大主題下分不同地點與情境,一次囊括生活中的各個面向!

母語人士親錄單字MP3,發音道地,清楚易學。

實景圖搭配清楚標號,生活中隨處可見的人事時地物,輕鬆開口說!

♦♦♦ Capítulo 1
El salón de estar 客廳

這些應該怎麼說?

01-1-1.mp3

客廳擺飾

1 **el techo** m. 天花板
2 **la pared** f. 牆壁
3 **el piso/suelo** m. 地板
4 **la ventana** f. 窗戶
5 **la mesa** f. 桌子
6 **el sofá** m. 沙發椅
7 **la otomana** f. 軟墊凳
8 **la chimenea** f. 壁爐
9 **la pintura** f. 畫
10 **el interruptor** m. 電燈開關

16

6

西班牙文化介紹，讓
你融入當地生活。

你知道嗎？

在西班牙的家裡，會使用什麼色調的光源呢？

在台灣，室內照明以白光為主，黃光較少，除了浴室、寢室、飯廳偶爾會為了營造溫馨感而使用黃光以外，其他大多都是白光。但在西班牙，就像大部分的歐洲國家一樣，室內大多採用偏黃色的照明，在客廳、寢室、浴室甚至書房都是如此。不過，因為黃光的亮度對於閱讀而言不是那麼適合，所以西班牙人會在書桌擺上可調節燈臂的檯燈（el flexo）增加明亮度，也有人會在床邊的小桌上使用檯燈。除了檯燈以外，白光大多用在廚房、車庫、儲藏室之類的地方。因此，如果我們在當地居住或短期遊學時需要購買燈泡（la bombilla），必須注意燈光的色溫。白色光的燈泡會標示「luz fría」（冷光）或「luz blanca」（白光），黃色光則是「luz cálida」（暖光）或「luz amarilla」（黃光）。介於兩者之間的則稱為「luz día」（日光色）或「luz neutra」（中性光）。省電燈泡則稱為 bombilla de bajo consumo。

客廳用的黃色光源

書房用的白色光源檯燈

Chapter 1
El salón de estar 客廳

- **⑪ la televisión** 電視
- **⑫ la alfombra** 地毯
- **⑬ la planta** 植物
- **⑭ la butaca** 扶手椅
- **⑮ el cojín** 靠墊
- **⑯ el aplique** 壁燈
- **⑰ la lámpara de techo** 吊燈
- **⑱ el mueble para TV / de televisor** 電視櫃
- **⑲ la mesita** 小茶几
- **⑳ el cajón** 抽屜

常見的 3 種窗簾，西班牙文要怎麼說呢？

01-1-2.mp3

la cortina
［f.］窗簾

el estor
［m.］捲簾

la persiana
［f.］百葉窗

一定要會的補充單
字，讓你一目了然、
瞬間學會。

♦ Tips ♦

慣用語小常識：窗戶篇

tirar la casa por la ventana（例如為了慶祝而）鋪張揮霍

這個西班牙慣用語字面上的意思是「把家從窗子丟出去」，但實際上，真正的意思卻大不相同。這句話的意思是指「鋪張揮霍」。以前西班牙曾經有一項風俗，就是在中樂透大獎的時候，把家裡的家具等等丟出窗外，表示自己的財力足以拋棄過去的一切，並且為自己的住家進行大翻修。所以 tirar la casa por la ventana 後來就衍生出「不惜金錢大肆慶祝、鋪張揮霍」的意思了？

Para la boda de Lidia, sus padres han tirado la casa por la ventana.
為了莉迪亞的婚禮，她的父母花了很多的錢籌辦。

除了單字片語，還補充
常用的慣用語，了解
由來才能真正活用！

17

除了各種情境裡會用到的單字片語，常用句子也幫你準備好。

聊天、談正事 charlar, discutir

會用到的單字與片語

1. charlar，閒談，聊天
2. hablar de，談論、談到~
3. decir，說
4. contar，描述
5. cotillear，聊八卦或小道消息
6. elogiar，讚美，稱讚
7. discutir，商議、討論
8. murmurar，低聲私語
9. conversar，對話
10. negociar，談判、協商
11. hablar por los codos，喋喋不休地說
12. hablar mal de alguien (a sus espaldas)，(在背後) 說某人的壞話
13. tomar el pelo a alguien，(說假話) 愚弄某人、耍某人

• Tips •

hablar、decir 和 contar 有何不同呢？

hablar (講話) 可以表示「說話或語言的能力」、「藉由語言來表達」以及「用語言與別人溝通」。
¿Hablas español? 你 (會) 說西班牙語嗎？

decir (說) 除了表示「用語言表達」以外，也可以表示意見，用法和 opinar (提出意見) 相近。另外要注意 decir 總是及物動詞 (verbo transitivo) 用，所以後面要有表示說話內容的直接受詞 (objeto directo)。
Lidia me dijo que no iba a venir esta noche. (之前) 荷蒂亞跟我說了她今晚不會來。

contar (描述) 則是表示「敘述某件事」，也表示「數、計算」的意思。
Mi abuelo me contó una historia muy divertida anoche. 我的爺爺昨晚跟我說了一個很有趣的故事。

21

就主題單字深入解釋細微差異，了解透徹才能印象深刻！

常說的句子

1. Nos vemos otro día. 我們改天整整。
2. Encantado/a de charlar contigo. 很高興跟你聊天。
   (自己是男性時用 Encantado，女性用 Encantada)
3. Es una historia larga. 說來話長：一言難盡。
4. Piénsatelo bien. 你仔細考慮一下這件事。
5. El tiempo pasa volando. 時光飛逝 (時間過得真快)。
6. Te entiendo muy bien. 我很能理解你的感受。
7. Siento mucho lo que pasó. 我很難過發生在你身上的事情。
8. Te lo juro. 我向你保證。
9. No digas bobadas. 別說蠢話。
10. Lo tomo en serio. 我很認真看待這件事。
11. Como tú digas. 隨便你怎麼說。
12. Eso depende. 那要看情況。(表示不確定)
13. ¡No me digas! 不會吧！(表示對某件事的驚訝)
14. Esto no tiene nada que ver conmigo. 這件事與我完全無關。
15. Sin duda alguna/ninguna. 無庸置疑。
16. Pero, lo que pasa es que... 可是，問題是…

• Tips •

西班牙人如何打招呼呢？

西班牙人打招呼的方式依照彼此的關係及場合而有所不同，也會因為對象的性別與關係而有所區分，通常在正式場合中，例如工作、開會，或者對方是初次見面的對象或長輩時，男性之間的打招呼方式以握手為主，女性之間則會輕輕臉頰兩邊；如果對象是異性，也會輕碰臉頰兩邊 (通常是先右邊再左邊)，這種打招呼的方式稱為 dar dos besos。如果是在非正式的場合，例如朋友之間，或者對象是晚輩時，男性會採取以互相的肩膀或者擁抱的方式來打招呼，女性之間或面對男性時的仍然是 dar dos besos。

無論什麼情況，西班牙人都會說「Hola! ¿Qué tal?」來問候及開啟對話，有時候也會依照一天當中的時段說早安 (Buenos Días)、午安 (Buenas tardes) 或晚安 (Buenas noches)，也可以不分時段，都說 ¡Buenas! 來問候，意思和 ¡Hola! 是一樣的。

解釋單字微妙的差異，以及使用時要注意之處，完整學習才能有好效果！

hornazo 和 empanada

在西班牙的烘培坊或是甜點麵包店裡，甜食類麵包和糕點的比例通常要比較高，鹹口味的點心則相對偏少。不過，在西班牙中部的 Salamanca，有一道著名的鹹口味點心 hornazo (肉餅)，是到此必吃的美食之一。這種在麵皮內，包進 a) 里肌肉 b) 起司 b) 鮪魚和伊比利火腿片等加上起司之類鹹味食材的糕點，通常會微烤一大塊，然後放進烤箱裡烤製。店家通常會以整塊或是切成小份的方式販售。

el hornazo 肉餅

另外一種常見的鹹口味點心是 empanada (鹹派)，使用的材料和 hornazo 很類似。事實上，empanada 的名稱來自 empanar 這個動詞，指的就是用麵皮或是麵包粉包裹食材的意思。這種點心在西班牙各地都可以吃到，在超市也買得到冷凍的 empanada，不同於 hornazo 的製作方式，empanada 包起來的形狀類似台灣常見的水餃，並且用油炸的方式料理，而放入的餡料也更加多元而多變化。

la empanada 鹹派

用餐 comer

西班牙人早餐會吃哪些東西呢？

la barra de pan
(長框麵包)

la caracola con pasas
(葡萄乾蝸牛可頌麵包)

el cruasán (el croissant)
(可頌麵包)

la napolitana con crema
(卡士達醬拿玻里麵包)

就算連中文都不知道，只要看到圖就知道這個單字是什麼意思，學習更輕鬆！

45

其他補充單字：
1 la apertura　開館
　el horario/la hora de apertura　開館時段／時間
2 el cierre　閉館
　la hora de cierre　閉館時間
3 la salida　出口
4 la entrada　入口

在地圖上會看到哪些道路和地點呢？

1 la calle
　街道、路（最常見的道路
　稱呼）
2 la avenida　大道
3 el cruce　十字路口
4 la glorieta/rotonda
　圓環
5 la plaza　廣場
6 el puente　橋
7 la orilla　河岸

其他各式各樣的道路，西班牙語怎麼說？

el callejón
小巷

el paseo
大道、散步道

el callejón sin
salida
死巷

128

以圖解方式整理出在當
地可能會遇到的場景。

你知道嗎？ ◄◄► ►►►► ►►►►► ►►

地鐵票的種類有哪些？

馬德里地鐵（Metro Madrid）從 2017 年
底開始，將原本的紙張型票券淘汰，
全面改用儲值型的多功能卡（Tarjeta
Multi）。票券的種類依然延續之前紙
張型票券的分類，依據搭乘次數來分的
話，分為單程票（sencillo）及 10 次票
（10 viajes），一般非跨區的 10 次票，
可以自由選擇搭乘地鐵 A 區或 EMT 公
車，稱為「地鐵公車票」（metrobús）。10 次票不但價格比單程票優惠，
而且採用固定票價，不像一般單程票價會隨著車站數而增加（5 站以下 1.5
歐元，每站增加收 0.1 歐元，最多 2.0 歐元），是比較好的選擇。

除了地鐵本身的票價以外，售票機上還可以看到「機場」（aeropuerto）
的選項，這是因為每次進出機場車站都要收取 3 歐元的附加費
（suplemento），必須在購票時支付。

多功能卡可以在捷運站的自動售票機購買，或者在經授權的菸酒專賣店
（estanco）等地點購買並儲值。卡片中存入的並不是金額數字，而是購買
完成的單程票、10 次票。機場附加費等等，在售票機也可以查詢剩餘可用
的旅行次數。

除了上述票種以外，多功能卡也可以存入適合外地遊客的旅遊票（título
turístico），可以在 1-7 天的期間內無限次搭乘各種大眾交通工具，旅遊票
分為限馬德里市區（Municipio de Madrid）內使用的 A 區票，以及馬德里
自治區（Comunidad de Madrid）各地皆可使用的 T 區票（也就是從 A 到
E2 各區）。2021 年的票價如下：

	1 天	2 天	3 天	4 天	5 天	7 天
A 區	8,40 €	14,20 €	18,40 €	22,60 €	26,80 €	35,40 €
T 區	17,00 €	28,40 €	35,40 €	43,00 €	50,80 €	70,80 €

至於日常通勤者，則有定期票（abono）可以選擇，但必須申辦記名式、
印有照片的個人卡（Tarjeta Transporte Público Personal）才能利用。30 日

73

豐富的文化與生活
小常識，讓你在去當
地之前就能先有一些
概念。

★本書中用到了一些縮寫或標記

縮寫或標記	意義說明
m.	陽性名詞
f.	陰性名詞
v.	動詞
adj.	形容詞
衍	表示該單字為**相關的衍生字**。

西班牙語發音基礎 ▶▶▶▶▶ ▶▶▶ ▶▶ ▶▶ ▶▶

x

00.mp3

I. 西班牙字母與發音

有底色的字母是母音，其他字母是子音。

字母	字母名稱	字母	字母名稱	字母	字母名稱
A	*a*	J	*jota*	R	*ere*
B	*be*	K	*ka*	RR	*erre*
C	*ce*	L	*ele*	S	*ese*
CH	*che*	LL	*elle*	T	*te*
D	*de*	M	*eme*	U	*u*
E	*e*	N	*ene*	V	*uve*
F	*efe*	Ñ	*eñe*	W	*uve doble*
G	*ge*	O	*o*	X	*equis*
H	*hache*	P	*pe*	Y	*ye (i griega)*
I	*i*	Q	*cu*	Z	*zeta*

大部分的西班牙語單字，只要看拼字就能知道發音，但要注意少數字母的特別發音規則。

字母	發音方式
C	[k]: ca, co, cu ／ [θ]: ce, ci（與字母 Z 發音相同） → cama 床 ／ centro 中心
G	[g]: ga, go, gu ／ [x]: ge, gi（與字母 J 發音相同） *gue, gui, güe, güi 發音為 [ge] [gi] [gwe] [gwi] → gato 貓 ／ gente 人們 ／ guisante 豌豆 ／ pingüino 企鵝
H	不發音，只能從字面上確認 → helado 冰淇淋
Q	只出現在 que, qui 中，發音為 [k]，q 後面的 u 不發音 → queso 乳酪
R 和 RR	「rr」表示較長的「顫音」（即所謂「彈舌音」）；字首的 r 和 -lr-, -nr-, -sr- 中的 r 也都是顫音。其他情況的 r，是短暫接觸上顎的「閃音」。 → oro 黃金 ／ ropa 衣物 ／ perro 狗
X	子音前發 [s]，兩個母音之間發 [ks]，但也有發 [x] 的情況。 → excusa 藉口 ／ examen 測驗 [ks] ／ México 墨西哥 [x]
Y	發音類似字母「I」的半母音。RAE 建議稱為簡潔表示發音的「ye」，傳統上則稱為「i griega」（「希臘的 i」）。 → yogur 優格

10

II. 重音位置

西班牙語的重音位置，是根據字尾來判斷。如果是母音（a, e, i, o, u）或 n, s 結尾的單字，重音在倒數第二個音節的母音上；其他子音（除了 n, s 以外）結尾的單字，重音在最後一個音節的母音上。如果遇到帶有重音符號（tilde）的單字，就表示其重音位置並不是依據上述重音規則，而是落在符號標示的地方。

・字尾是母音或 n、s
casa 房子、estudiante 學生、historia 歷史、examen 測驗、lunes 星期一

・字尾是子音（n、s 除外）
pared 牆壁、ciudad 城市、profesor 教授、azul 藍色的、reloj 時鐘

・依照重音符號標示
número 號碼、cinturón 腰帶、María 瑪麗亞、exámenes 測驗（複數）

III. 性的區分

西班牙語的每個名詞都有「陰性」或「陽性」的屬性，例如 manzana（蘋果）屬於陰性，plátano（香蕉）屬於陽性等等。事物名詞的性通常只是文法上的屬性，和事物本身的性質無關，但人物和動物名詞的「陽性、陰性」大部分可以和實際上的「男性、女性」或「雄性、雌性」對應，例如 el niño / la niña（小男孩／小女孩）、el médico / la médica（男醫師／女醫師）、el perro / la perra（公狗／母狗）等等。在本書中，單獨的名詞會刻意加上定冠詞 el/la 以顯示陽／陰性。

一般而言，字尾 -o 通常是陽性，字尾 -a 通常是陰性，但仍然有許多不能以規則判斷或例外的情況，需要個別記憶。

陽性	陰性
el libro 書 el huevo 蛋 el café 咖啡	la silla 椅子 la casa 房子 la leche 牛奶

IV. 數的區分

名詞有單複數的區分，複數形依下表所示規則加「s」。

字尾是…	單數→複數	例子
母音	+s	小男孩 chico → chicos
子音	+es	主任 director → directores
-s（單音節或尾音節重音的字）	+es	月份 mes → meses
-s（其他情況）	不變	星期三 martes → martes

形容詞也有性和數的區分，而且必須和對應的名詞一致。不過，字尾不是 -o 的形容詞，就沒有性的變化。

un chico alto 一個高的男孩（陽性單數）
una chica alta 一個高的女孩（陰性單數）
unos chicos altos 一些高的男孩（陽性複數）
unas chicas altas 一些高的女孩（陰性複數）

V. 定冠詞和不定冠詞

	不定冠詞		定冠詞	
	陽性	陰性	陽性	陰性
單數	un	una	el	la
複數	unos	unas	los	las

冠詞用在名詞前面。基本上，「不定冠詞」用於非特定或第一次提到的對象，「定冠詞」用於已知的特定對象。所以，對話中常出現剛提到某對象時用不定冠詞，接著再次提到時用定冠詞的情況。

Hay una cafetería nueva cerca de mi casa. La cafetería está en la avenida Gran Vía.
我家附近有一家新的咖啡館。那家咖啡館在格蘭大道。

VI. 數字的說法

0	cero		
1	uno	11	once
2	dos	12	doce
3	tres	13	trece
4	cuatro	14	catorce
5	cinco	15	quince
6	seis	16	dieciséis
7	siete	17	diecisiete
8	ocho	18	dieciocho
9	nueve	19	diecinueve
10	diez	20	veinte

21	veintiuno	31	treinta y uno
22	veintidós	32	treinta y dos
23	veintitrés	33	treinta y tres
24	veinticuatro	40	cuarenta
25	veinticinco	50	cincuenta
26	veintiséis	60	sesenta
27	veintisiete	70	setenta
28	veintiocho	80	ochenta
29	veintinueve	90	noventa
30	treinta	100	cien

VII. 月份與星期

日期用「el 數字 de 月份」表達：

el uno de enero 一月一日、el treinta y uno de diciembre 十二月三十一日

enero 一月	mayo 五月	septiembre 九月
febrero 二月	junio 六月	octubre 十月
marzo 三月	julio 七月	noviembre 十一月
abril 四月	agosto 八月	diciembre 十二月

星期一	星期二	星期三	星期四
el lunes	el martes	el miércoles	el jueves

星期五	星期六	星期日
el viernes	el sábado	cl domingo

VIII. 顏色形容詞（只有一種形式者為陰陽同形）

● 黑色	negro/negra
● 灰色	gris
○ 白色	blanco/blanca
● 紅色	rojo/roja
● 橘色	naranja
● 黃色	amarillo/amarilla
● 綠色	verde
● 藍色	azul
● 紫色	morado/morada
● 褐色	marrón
● 粉紅色	rosa

PARTE I

La casa 居家

El salón de estar 客廳

01-1-1.mp3

這些應該怎麼說？

客廳擺飾

① **el techo** m. 天花板　　　⑥ **el sofá** m. 沙發椅

② **la pared** f. 牆壁　　　⑦ **la otomana** f. 軟墊凳

③ **el piso/suelo** m. 地板　　　⑧ **la chimenea** f. 壁爐

④ **la ventana** f. 窗戶　　　⑨ **la pintura** f. 畫

⑤ **la mesa** f. 桌子　　　⑩ **el interruptor** m. 電燈開關

⑪ **la televisión** f. 電視

⑫ **la alfombra** f. 地毯

⑬ **la planta** f. 植物

⑭ **la butaca** f. 扶手椅

⑮ **el cojín** m. 靠墊

⑯ **el aplique** m. 壁燈

⑰ **la lámpara de techo** f. 吊燈

⑱ **el mueble para TV / de televisor** m. 電視櫃

⑲ **la mesita** f. 小茶几

⑳ **el cajón** m. 抽屜

常見的 3 種窗簾，西班牙文要怎麼說呢？

01-1-2.mp3

la cortina
f. 窗簾

el estor
m. 捲簾

la persiana
f. 百葉窗

◆ Tips ◆

慣用語小常識：窗戶篇

tirar la casa por la ventana（例如為了慶祝而）鋪張揮霍

這個西班牙慣用語字面上的意思是「把家從窗子丟出去」，但實際上，真正的意思卻大不相同。這句話的意思是指「鋪張揮霍」。以前西班牙曾經有一項風俗，就是在中樂透大獎的時候，把家裡的家具等等丟出窗外，表示自己的財力足以拋棄過去的一切，並且為自己的住家進行大翻修。所以 tirar la casa por la ventana 後來就衍生出「不惜金錢大肆慶祝、鋪張揮霍」的意思了。

Para la boda de Lidia, sus padres han tirado la casa por la ventana.
為了莉蒂亞的婚禮，她的父母花了很多的錢籌辦。

在西班牙的家裡，會使用什麼色調的光源呢？

在台灣，室內照明以白光為主，黃光較少，除了浴室、寢室、飯廳偶爾會為了營造溫馨感而使用黃光以外，其他大多都是白光。但在西班牙，就像大部分的歐洲國家一樣，室內大多採用偏黃色的照明，在客廳、寢室、浴室甚至書房都是如此。不過，因為黃光的亮度對於閱讀而言不是那麼適合，所以西班牙人會在書桌擺上可調節燈臂的檯燈（el flexo）增加明亮度，也有人會在床邊的小桌上使用檯燈。除了檯燈以外，白光大多用在廚房、車庫、儲藏室之類的地方。因此，如果我們在當地居住或短期遊留學時需要購買燈泡（la bombilla），必須注意燈光的色溫。白色光的燈泡會標示「luz fría」（冷光）或「luz blanca」（白光），黃色光則是「luz cálida」（暖光）或「luz amarilla」（黃光）。介於兩者之間的則稱為「luz día」（日光色）或「luz neutra」（中性光）。省電燈泡則稱為 bombilla de bajo consumo。

客廳用的黃色光源

書房用的白色光源檯燈

在客廳會做什麼呢?

⋯⋯ 01 看電視 ver la tele

01-1-3.mp3

會用到的單字與片語

1. **la pantalla de cristal líquido (la pantalla de LCD)** f. 液晶螢幕

2. **la pantalla de plasma** f. 電漿螢幕

3. **el estéreo** m. 立體音響

4. **el altavoz** m. 喇叭

5. **el mando (a distancia)** m. 遙控器

6. **el reproductor de DVD** m. DVD 播放器

7. **el canal** m. 頻道

8. **el teleadicto / la teleadicta** m./f. 電視迷

9. **la repetición (de programa)** f. (節目) 重播

10. **el subtítulo** m. 字幕

11. **en directo** 以直播方式

12. **el fin** m. 結局

13. **el índice de audiencia** m. 收視率

14. **la resolución de pantalla** f. 螢幕解析度

15. **la noticia de última hora** f. 突發新聞

16. **el episodio** m. 一集

17. **el último episodio** m. 完結篇

18. **el estreno** m. 首播

19. **encender la televisión** 開電視

20. **apagar la televisión** 關電視

21. **subir el volumen** 調高音量

22. **bajar el volumen** 降低音量

23. **cambiar de canal** 轉台

你知道各類的電視節目怎麼說嗎？

1. **el programa de televisión** m. 電視節目
2. **el programa de diversión** m. 綜藝節目
3. **la serie** f. 連續劇
4. **la noticia** f. 新聞
5. **el tiempo (la previsión meteorológica)** m.(f.) 氣象預報
6. **el dibujo animado** m. 卡通
7. **la película (la peli)** f. 電影
8. **la publicidad (el anuncio)** f.(m.) 廣告
9. **el concurso de talentos** m. 才藝秀節目
10. **el programa de entrevistas** m. 訪談節目
11. **la telenovela** f. 肥皂劇
12. **la comedia** f. 喜劇
13. **la serie de suspenso** f. 懸疑連續劇
14. **la serie policíaca** f. 警匪連續劇
15. **el concurso televisivo** m. 競賽型節目
16. **el documental** m. 紀錄片
17. **la telerrealidad** f. 真人實境節目
18. **el canal de teletienda** m. 購物頻道

會用到的句子

1. **Pásame el mando, por favor.** 麻煩給我遙控器。
2. **¿Qué ponen ahora?** 現在在播什麼？
3. **¿Quién es el protagonista?** 誰演出主角？
4. **¿Has visto esta peli?** 你看過這部電影嗎？
5. **¿Se pone otra vez la serie?** 這部連續劇又重播了嗎？
6. **La señal de televisión está mejor.** 電視的訊號比較好了。
7. **Párate de cambiar de canal.** 你不要再轉台了。
8. **Nos encanta este presentador.** 我們很喜歡這個主持人。
9. **Cambia al canal 1, por favor.** 麻煩請你轉到第 1 台。

02 聊天、談正事 charlar, discutir

01-1-4.mp3

會用到的單字與片語

1. **charlar** v. 閒談，聊天
2. **hablar de** v. 談論～，談到～
3. **decir** v. 說
4. **contar** v. 描述
5. **cotillear** v. 聊八卦或小道消息
6. **elogiar** v. 讚美，稱讚
7. **discutir** v. 商談，討論
8. **murmurar** v. 低聲私語
9. **conversar** v. 對話
10. **negociar** v. 談判，協商
11. **hablar por los codos** 喋喋不休地說
12. **hablar mal de alguien (a sus espaldas)** （在背後）說某人的壞話
13. **tomar el pelo a alguien** （說假話）愚弄某人，耍某人

· Tips ·

hablar、decir 和 contar 有何不同呢？

hablar（講話）可以表示「說話或語言的能力」、「藉由語言來表達」以及「用語言與別人溝通」。

¿Hablas español? 你（會）說西班牙語嗎？

decir（說）除了表示「用語言表達」以外，也可以表示意見，用法和 opinar（提出意見）相近。另外要注意 decir 總是當及物動詞（verbo transitivo）用，所以後面要有表示說話內容的直接受詞（objeto directo）。

Lidia me dijo que no iba a venir esta noche. （之前）莉蒂亞跟我說了她今晚不會來。

contar（描述）則是表示「敘述某件事」，也表示「數、計算」的意思。

Mi abuelo me contó una historia muy divertida anoche. 我的爺爺昨晚跟我說了一個很有趣的故事。

1. **Nos vemos otro día.** 我們改天聚聚。
2. **Encantado/a de charlar contigo.** 很高興跟你聊天。
   （自己是男性時用 Encantado，女性用 Encantada）
3. **Es una historia larga.** 說來話長；一言難盡。
4. **Piénsatelo bien.** 你仔細考慮一下這件事。
5. **El tiempo pasa volando.** 時光飛逝（時間過得真快）。
6. **Te entiendo muy bien.** 我很能理解你的感受。
7. **Siento mucho lo que te pasó.** 我很難過發生在你身上的事情。
8. **Te lo juro.** 我向你保證。
9. **No digas bobadas.** 別說蠢話。
10. **Lo tomo en serio.** 我很認真看待這件事。
11. **Como tú digas.** 隨便你怎麼說。
12. **Eso depende.** 那要看情況。（表示不確定）
13. **¡No me digas!** 不會吧！（表示對某件事的驚訝）
14. **Esto no tiene nada que ver conmigo.** 這件事與我完全無關。
15. **Sin duda alguna/ninguna.** 無庸置疑。
16. **Pero, lo que pasa es que...** 可是，問題是…

◆ Tips ◆

西班牙人如何打招呼呢？

西班牙人打招呼的方式依照彼此的關係及場合而有所不同，也會因為對象的性別有所區分。通常在正式場合中，例如工作、開會，或者對方是初次見面的對象或長輩時，男性之間的打招呼方式以握手為主，女性之間則會輕碰臉頰兩邊；如果對象是異性，也會輕碰臉頰兩邊（通常是先右邊再左邊），這種打招呼的方式稱為 dar dos besos（給兩個吻）。如果是在非正式的場合，例如朋友之間，或者對象是晚輩時，男性會採取互相拍肩膀或者擁抱的方式來打招呼，女性之間或面對異性時則仍然是 dar dos besos。

無論什麼情況，西班牙人都會說「!Hola! ¿Qué tal?」來問候及開啟對話。有時候也會依照一天當中的時段說早安（Buenos Días）、午安（Buenas tardes）或晚安（Buenas noches）。也可以不分時段，都說「¡Buenas!」來問候，意思和「¡Hola!」是一樣的。

03 做家事 hacer tarea doméstica

01-1-5.mp3

barrer el suelo
掃地

pasar la fregona / fregar
拖地

secar el suelo
擦乾地板

limpiar el suelo
清潔地板

pasar la aspiradora
用吸塵器吸地

poner la lavadora
用洗衣機洗衣服

tender la ropa
晾衣服

poner la secadora
用烘衣機烘衣服

doblar la ropa
摺衣服

planchar la ropa
燙衣服

cocinar
v. 烹煮

fregar los platos
洗碗盤

lavar el coche
洗車

tirar la basura
倒垃圾

limpiar la mesa
擦桌子

desherbar
v. 除草

regar las plantas
給植物澆水

hacer la cama
鋪床

做家事時會用到的用具

el blanqueador
m. 漂白劑

la escoba
f. 掃把

la cuerda para tender la ropa
f. 曬衣繩

la pinza
f. 夾子

el detergente en polvo
m. 洗衣粉

el lavavajillas
m. 洗碗機

el lavavajillas (detergente)
m. 洗碗精

la esponja de cocina
f. 海綿菜瓜布
（el estropajo 則可指菜瓜布或鋼絲球）

la secadora
f. 烘衣機

el recogedor
m. 畚斗

el sacudidor de plumas
m. 雞毛撢子

la plancha
f. 熨斗

el cepillo
m. 刷子

el trapo
m. 抹布

la papelera
f. 垃圾桶

la fregona
f. 拖把

la aspiradora
f. 吸塵器

el contenedor de reciclaje
m. 回收桶

la percha
f. 衣架

la cesta
f. 籃子

la lavadora
f. 洗衣機

◆ Tips ◆

fregar、lavar(se) 和 limpiar 一樣都是「洗」，有什麼不一樣呢？

fregar 和 lavar(se) 都會「用到水來清洗」。但是，fregar 通常只會用來表示清洗碗盤（los platos）或拖地板（el suelo）。相對的，lavar 則可以表示清洗各種物品、食物或清洗身體。要注意的是，要表示某個人自己清洗身體部位時，通常會使用有代動詞（lavarse）。

Marta cocina cada día y su marido frega los platos. 瑪塔每天都會準備餐點，而她的丈夫則會洗碗盤。

Tengo que lavar el coche este fin de semana. 這週末我得洗車。

Voy a lavarme ahora. 我現在要去洗澡。

limpiar 則是指「清除髒汙或讓人覺得不舒服、困擾的東西」，通常會用到抹布（el trapo）等等來清潔。所以 limpiar el coche（清潔車子）是指車子內外部的清潔，包括除去外部的髒污及內部的垃圾或是灰塵等等；lavar el coche（洗車）則是指用水（或是加上清潔劑）沖洗車子的外部髒污。

Tengo que limpiar el coche este fin de semana. 這週末我得清潔一下車子。

La cocina 廚房

這些應該怎麼說？

廚房擺設

1. **el frigorífico / la nevera** m./f. 冰箱

2. **la campana extractora** f. 抽油煙機

3. **el fogón de gas** m. 瓦斯爐

4. **la encimera** f. 料理檯面

5. **el fregadero** m. 水槽

6. **el armario de cocina** m. 碗櫥

7. **el microondas** m. 微波爐

⑧ el horno m. 烤箱
⑨ el wok m. 炒鍋
⑩ el grifo m. 水龍頭

⑪ el condimento m. 調味料
⑫ la taza f. 茶杯（咖啡杯、馬克杯）
⑬ el vaso m. 玻璃杯

◆ Tips ◆

taza, vaso 及 copa 的不同在哪裡？

日常生活中使用的杯子裡，la taza 是指馬克杯、咖啡杯、西式茶杯等等陶瓷類、有把手的杯子，el vaso 則是筒狀的玻璃杯，兩者有顯著的不同，所以不難分辨。但我們常會聽到西班牙人說 ir de copas（去喝一杯），以及運動比賽的 copa mundial（世界盃），其中的 copa 又是指哪種杯子呢？和前面兩種杯子不同，copa 是指有支撐腳的杯子。例如喝紅酒的高腳杯，或是比賽的獎盃，都可以用 copa 來表達。

其他常用的廚房電器

01-2-2.mp3

la batidora de vaso
f. 果汁機（不加 de vaso 則為攪拌器）

la procesadora de alimentos
f. 食物調理機

la tostadora
f. 烤麵包機

la panificadora
f. 製麵包機

el extractor de zumo
m. 研磨榨汁機

el lavavajillas
m. 洗碗機

la cafetera
f. 咖啡機

la arrocera eléctrica
f. 電子鍋

la cocina de inducción magnética
f. 電磁爐

el delantal
m. 圍裙

el hacha* de cocina
f. 剁（肉）刀

el cuchillo de cocina
m. 廚刀

la olla
f. 燉煮鍋

la sartén
f. 平底鍋

la cacerola
f. 鍋子

* 因單字的第一個音是重音位置的 a，依規則要將冠詞 la 改為 el。

la espátula
f. 鍋鏟

la tabla de cortar
f. 砧板

el abrebotellas
m. 開瓶器

el abrelatas
m. 開罐器

el sacacorchos
m. 軟木塞開瓶器

el martillo de carne
m. 肉槌

**el paño
(para vajillas)**
m.（擦碗盤用的）抹布

el hervidor
m. 煮水壺

el escurreplatos
m. 瀝乾碗盤架

el guante de cocina
m. 隔熱手套

el salvamanteles
m. 隔熱墊

el pelador
m. 削皮刀

el papel aluminio
m. 鋁箔紙

la olla a presión
f. 壓力鍋

la pinza para alimentos
f. 食物夾

西班牙人在廚房會做什麼呢？

01 烹飪 cocinar

各種備料的方式，用西班牙語要怎麼說？

cortar
v. 切

picar
v. 切碎

pelar
v. 削皮

romper un huevo
把蛋打破

mezclar
v. 攪拌

rallar
v. 刨絲

exprimir
v. 擠（檸檬）

machacar
v. 搗碎

descongelar
v. 解凍

moler
v. 磨

espolvorear
v. 撒（胡椒粉、糖粉）

lavar
v. 洗

remojar
v. 浸泡

verter
v. 倒（進）

agregar
v. 加（進）

marinar
v. 醃（供保存或使入味，
通常是肉或魚）

macerar
v. 醃（使釋出風味並軟化或
分解，通常是水果）

補充：

acompañar
v. 附加（配菜）
adornar
v. 裝飾

hervir
v. 煮沸（水）

asar a la parrilla
用烤架烤

saltear
v. 炒

sofreír
v. 煎

freír
v. 油炸

estofar
v. 燉，滷

**calentar en
microondas**
微波加熱

revolver
v. 攪動，翻動

cocer al vacío
真空低溫烹調
（舒肥料理法）

voltear
v. 翻面，翻炒

precalentar
v. 預熱

blanquear
v. 汆燙

補充：其他烹飪方式

1. **cocer** v. 烹調（泛指各種加熱烹調方式）

2. **cocer al vapor** 蒸

3. **escalfar un huevo** 用沸水燙煮去殼的蛋（即製作「水波蛋」）

4. **hornear** v. 用烤箱烤、烘焙

5. **rebozar** v. 裹上麵衣

6. **cocinar a fuego lento** 用小火慢慢地燉煮

你知道嗎？ ▶▶ ◀◀▶▶▶▶▶▶ ▶▶▶ ▶▶

西班牙人的最常見的香料及料理方式是什麼呢？

西班牙人常在料理時加入各種不同的香料，但大多是為了增色及增加香氣，和台灣用醬料同時增色並加重口味的作風略有不同。關於使用香料的西班牙料理，許多人印象最深刻的應該是西班牙海鮮飯（la paella）了，其中不可或缺的番紅花（el azafrán），為米飯增添金黃色澤。番紅花被譽為世界上最貴的香料，除了因為栽種及取得不易且耗費人工，也因為它不但是香料，更被當作有醫學上療效的藥材使用。除了番紅花以外，西班牙料理當中也很常使用紅椒粉（el pimentón）。紅椒粉雖然顏色和辣椒粉一樣，但是一點都不辣（除非選擇有辣味的紅椒粉）。這種以甜紅椒製成的香料，常常在上餐前撒在食物上增色，也會加入燉肉料理中一起烹煮。紅椒粉在我們熟知的西班牙辣腸（el chorizo）製作過程中，也是不可或缺的香料。

西班牙人不習慣用大火快炒食物，所以燉煮是最常見的烹調方式之一。主婦和廚師們會在燉煮肉類食物時，加入番茄、豆類、胡蘿蔔等各種蔬菜和火腿增色並增味。有些肉類也會在烹煮前，先用香料醃製入味再下鍋。除了燉菜之外，西班牙人也喜歡使用橄欖油來涼拌沙拉，或者在油中加入辛香料烹煮海鮮（例如 las gambas al ajillo〔蒜香蝦〕），也會加入麵食料理當中。

雖然許多人認為西班牙飲食簡單清淡且注重原味，但熱愛美食的西班牙人，絕對不會忘記油炸食物來滿足味蕾。各種炸物，包括炸可樂餅（la croqueta）、炸薯條（las patatas fritas）以及著名的甜點熱巧克力配細油條（el chocolate con churro），都是西班牙餐桌上常見的美味油炸食物。

廚房用的調味料有哪些？

la sal
f. 鹽巴

el(la) azúcar
m.(f.) 糖 *

la pimienta
f. 胡椒

el chile
m. 辣椒

el vinagre
m. 醋

el vino
m. 酒

el aceite
m. 油

la salsa de soja
f. 醬油

el aceite de oliva
m. 橄欖油

la mostaza antigua
f. 芥末籽醬

la mostaza
f. 芥末醬

la miel
f. 蜂蜜

el jengibre
m. 薑

el ajo
m. 大蒜

la cebolleta
f. 蔥
（洋蔥：cebolla）

la menta
f. 薄荷

* azúcar「糖」通常當陽性名詞使用，但也可當成陰性。

el romero
m. 迷迭香

la albahaca
f. 羅勒

el tomillo
n. 百里香

el laurel
m. 月桂葉

el curry
m. 咖哩

el azafrán
m. 番紅花

la canela
f. 肉桂

el pimentón
m. 煙燻紅椒粉

la mayonesa
f. 美乃滋

el alioli
m. 蒜香美乃滋

la salsa bordelesa
f. 紅酒醬

la salsa besamel
f. 白醬

la salsa de tomate / el kétchup
f./m. 番茄醬

la salsa verde / la salsa pesto
f. 青醬

la salsa tártara
f. 塔塔醬

la salsa mexicana
f. 莎莎醬

salado
adj. 鹹的

dulce
adj. 甜的

amargo
adj. 苦的

ácido
adj. 酸的

補充：

soso adj. 清淡的
crudo adj. 生的
cocido adj. 熟的

picante
adj. 辣的

grasoso
adj. 油膩的

picar
v. 切碎

cortar en dados
切丁

cortar en rodajas
（對圓形或圓柱狀食材）切片

cortar en tiras
切細長條

補充：

cortar v. 切
cortar en rebanadas 切片（寬大的切片，例如麵包）
cortar en rodajas finas 切成薄片
cortar a la mitad 切一半

cortar en trozos
切塊

◆ Tips ◆

慣用語小常識

el que corta el bacalao
主事、有決定權的人

這個西班牙慣用語的典故出自於 16 世紀，西班牙人為了保存魚類，會使用大量的鹽巴來醃漬食物，而 bacalao en salazón（鹽漬鱈魚）就是其中之一。利用這種方式保存的食物，除了方便運送到世界各地銷售，也是工人或奴隸們平常食用的食物。到了用餐時間，他們會排隊等候切割鹽漬鱈魚的人（el que corta el bacalao）來分配食物。因此，這個「分切鱈魚決定分量及對象的人物」，就變成這句諺語的由來。

Rafael es el que corta el bacalao en esta empresa.
拉法爾是這間公司當家作主的人。

◦◦◦ 02 烘焙 hornear

01-2-5.mp3

烘焙時需要做的動作，用西班牙語怎麼說？

tamizar
v. 過篩

mezclar
v. 攪拌

amasar la masa
揉麵團

rodar la masa
擀麵團

espolvorear
v. 撒（麵粉）

fermentar
v. 發酵

moldear
v. 塑形

engrasar
v.（在模具裡）上油

poner en el molde
放進模具裡

sacar del molde
從模具中取出

hornear
v. 用烤箱烤

補充：
voltear
v. 翻面
decorar
v. 裝飾

烘焙時會用到什麼？

el tamiz
m. 篩網

la harina
f. 麵粉

la levadura
f. 發粉

la leche
f. 牛奶

el recipiente
m. 容器

los ingredientes
m. 原料

la balanza
f. 磅秤

el molde
m. 烤模

el molde de papel (para hornear)

m. 烘焙用的紙模

el papel de horno

m. 烤盤紙

la bandeja de horno

f. 烤盤

la batidora de huevos

f. 打蛋器
（打蛋：batir huevos）

el rebanador de huevos

m. 切蛋器

la manga pastelera (con boquilla)

f. （有擠花嘴的）擠花袋

el tazón de mezcla

m. 攪拌盆

la batidora eléctrica

f. 電動攪拌器

la rejilla de horno

f. 烤箱用的架子

el termómetro

m. 溫度計

la cuchara de madera

f. 木杓

la jarra medidora

f. 量杯

las cucharas medidoras

f. 量匙

el rodillo (de cocina)

m. 擀麵棍

el embudo

m. 漏斗

el pincel (de cocina)

m. 刷子

慣用語小常識

ser la leche（是最棒的）、**estar de mala leche**（心情不好）、
darse una leche（因意外撞傷）

leche（牛奶）這個單字除了生活中常見的 café con leche（拿鐵咖啡）及
arroz con leche（米布丁）以外，還有其他與食物本身完全無關的口語表達。
當我們說某個人或是某物「ser la leche」時，意指「一個人或某樣東西是最
棒的」。另外一個用生活用語「estar de mala leche」，則是用來表達「一個
人心情不好或是運氣不好」。而「darse una leche」則是表達因意外撞傷。

¡Eres la leche! Yo sabía que nadie podía hacerlo mejor que tú.
你是最棒的！我早就知道沒有人可以做得比你好

Miguel está de mala leche ahora, porque el jefe le pidió que acabara el
proyecto antes de este fin de semana.
米格爾現在心情不太好，因為老闆要求他這個周末之前完成這個計畫。

David se dio una leche ayer, porque estaba distraído bajando por las
escaleras.
大衛昨天撞傷了，因為下樓梯的時候他在分心（想別的事情）。

烘焙時會用到的切刀有哪些呢？

el rebanador de mantequilla
m. 奶油切刀

el cuchillo de pan
m. 麵包刀

el cuchillo pastelero
m. 切甜點專用刀

la espátula
f. 抹刀

el cortapastas (el cortador de galletas)
m. 餅乾切模器

el cortador de pizza
m. 披薩刀

你知道嗎？ ►▼◄►►►►►►►►►►►►►

hornazo 和 empanada

在西班牙的烘焙坊或是甜點麵包店裡，甜食類麵包和糕點的比例通常比較高，鹹口味的點心則相對偏少。不過，在西班牙中部的 Salamanca，有一道著名的鹹口味點心 hornazo（肉餅），是到此必吃的美食之一。這種在麵皮裡，包進 a) 里肌肉及起司 b) 鮪魚和洋蔥或 c) 火腿片加上起司之類鹹味食材的糕點，通常會

el hornazo 肉餅

做成一大塊，然後放進烤箱裡烤製。店家通常會以整塊或是切成小份的方式販售。

另外一種常見的鹹口味點心是 empanada（鹹派），使用的材料和 hornazo 很類似。事實上，empanada 的名稱來自 empanar 這個動詞，指的就是用麵皮或是麵包粉包裹食材的意思。這種點心在西班牙各地都可以吃到，在超市也買得到冷凍的 empanada。不同於 hornazo 的製作方式，empanada 包起來的形狀類似台灣常見的水

la empanada 鹹派

餃，並且用油炸的方式料理，而放入的餡料也更加多元而多變化。

◆◆◆ 03 用餐 comer

01-2-6.mp3

西班牙人早餐會吃哪些東西呢？

la barra de pan
f. 長棍麵包

la caracola con pasas
f. 葡萄乾蝸牛可頌麵包

el cruasán (el croissant)
m. 可頌麵包

la napolitana con crema
f. 卡士達醬拿坡里麵包

◆ Capítulo 2 La cocina 廚房

43

la napolitana con chocolate
f. 巧克力拿坡里麵包

el pan de molde
m.（用模具製作的長條）吐司麵包

la tostada untada con mantequilla
f. 塗上奶油的烤吐司

la tostada untada con mermelada
f. 塗上果醬的烤吐司

el biscote
m. 香酥烤麵包片

el yogur
m. 優格

el queso
m. 乳酪

el queso para untar
m. 乳酪抹醬

los cereales
m. 穀片

la bolsita de té
f. 茶包

la infusión
f. 花草茶

el zumo*
m. 果汁

el café
m. 咖啡

el té
m. 茶

el café con leche
m. 咖啡加牛奶

la leche
f. 牛奶

* 拉丁美洲稱為 jugo

西班牙人吃早餐時，會有哪些習慣和動作呢？

cortar
v. 切（麵包）

untar
v. 抹（果醬）

echar
v. 加（糖）

cortar en rebanadas
pf. 將（吐司）切片

glasear
v. 淋上（糖漿或蜂蜜）

moler
v. 磨（咖啡豆）

calentar en microondas
微波加熱

calentar en horno
用烤箱加熱

hacer la tostada
烤吐司

el churro
m. 細油條
（新年的第一天早上）

la porra
f. 粗油條

el buñuelo
m. 布奴耶羅
（諸聖節、四旬齋、法
雅節吃的油炸小圓麵糰，
也常加入奶油內餡）

**los huesos de
santo**
m. 聖人骨頭（諸聖節）

la torrija
f. 炸牛奶麵包（聖週）

el panetón
m. 義大利麵包
（聖誕節）

**el roscón de
Reyes**
m. 三王節蛋糕

el hojaldre
m. 酥皮點心

el bizcocho
m. 海綿蛋糕

西班牙媽媽在家常做的私房菜和點心有那些呢？

la sopa de alubias
f. 豆子湯

el pimiento relleno
m. 紅椒鑲肉

los garbanzos con bacalao
m. 鷹嘴豆配鱈魚

la tortilla de patatas
f. 馬鈴薯烘蛋

la paella
f. 西班牙海鮮飯

el gazpacho
m. 西班牙番茄冷湯

el cocido madrileño
m. 鷹嘴豆燉菜

las albóndigas con salsa de tomate
f. 紅醬肉丸子

la crema catalana
f. 加泰隆尼亞烤布雷

el arroz con leche
m. 米布丁

la merluza a la romana
f. 羅馬式炸（無鬚）鱈魚

el puré de patatas
m. 馬鈴薯泥

Capítulo 3

La habitación 臥室

這些應該怎麼說？

01-3-1.mp3

臥室擺設

❶ el cabecero de cama
m. 床頭板

❷ la mesita de noche
f. 床邊櫃

❸ la lámpara de cabecera
f. 床頭燈（註：cabecero 指「床頭板」，cabecera 指「床頭的部分」）

❹ el somier m. 床架

❺ la almohada f. 枕頭

⑥ el edredón m. 棉被

⑦ el colchón m. 床墊

⑧ la alfombra f. 地毯

⑨ el armario m. 衣櫃

⑩ la estantería f. 書櫃

⑪ el espejo m. 鏡子

⑫ el tocador m. 化妝台

⑬ la silla f. 椅子

⑭ el perfume m. 香水

⑮ el cosmético
m. 化妝品、保養品

你知道嗎？

常見的床型、寢具材質及怎麼說呢？
西班牙人鋪床的步驟又是什麼？

床可以依照大小分為單人床（la cama individual）、雙人床（la cama matrimonial 或 la cama doble），而其他形式的床則有上下鋪（上下各一張 cama，合稱為 la litera）、沙發床（el sofá-cama）及簡易折疊床（el catre，中文又稱為「行軍床」）。棉被（el edredón）填充物的材料有棉（algodón）、聚酯纖維（poliéster）和冬被用的羽毛（pluma）及羽絨（plumón）。枕頭則有乳膠枕（la almohada rellenada de látex）、羽絨枕（la almohada rellenada de plumón）及纖維枕（la almohada de fibra）等種類。

單人床
la cama individual

雙人床
la cama matrimonial /
la cama doble

上下鋪
la litera

西班牙人偏好的寢具材質和台灣類似，不過整理床鋪（hacer la cama）的方式有所不同。整理西班牙式的床鋪，有四個步驟。首先，在床架和床墊之間鋪上床圍（la falda de cama），這是為了遮住床架的外觀。接著，在床墊上套上保潔墊（el protector para colchón）以免弄髒床墊。第三步是鋪上床單（la sábana），床單分為可調整式床單（la sábana ajustable）及標準式床單（la sábana estándar）兩種，在台灣常看到的應該是前者，這種床單的四個角有鬆緊帶，可以直接套在床的四個角落。最後，將床單連同毛毯一併鋪在床上，然後把接近床頭的部分反摺，將毛毯一併包住再摺進床架和床墊之間。

在臥室會做什麼呢？

01 換衣服 cambiarse

各類衣服、配件，西班牙語怎麼說？

01-3-2.mp3

① **el traje** m.（含上下身的）全套西裝

② **el bolsillo** m. 口袋

③ **los pantalones** m. 褲子

④ **la camisa** f. 襯衫

⑤ **los zapatos** m. 鞋子

⑥ **el abrigo** m. 大衣

⑦ **la corbata** f. 領帶

⑧ **los gemelos** m. 袖扣

⑨ **los zapatos oxford** m. 牛津鞋

⑩ **el maletín** m. 公事包

⑪ **la blusa** f. 女裝上衣

⑫ **el vestido de velada**
m. 晚宴服

⑬ **el vestido (de) tirantes**
m. 細肩帶洋裝

⑭ **el vestido corto** m. 短洋裝

⑮ **los pantalones rectos**
m. 直筒褲

⑯ **los calcetines largos**
m. 長襪（單數是 calcetín）

⑰ **el monedero** m. 零錢包

⑱ **el sombrero**
m.（有邊的）帽子

⑲ **los pendientes** m. 耳環

⑳ **la pulsera** f. 手環

㉑ **la gargantilla**
f. 短項鍊（較貼近頸部的項鍊；el collar
則會披在鎖骨部位，而且通常裝飾得較
為華麗）

㉒ **las medias** f. 絲襪

㉓ **la camisa de manga corta**
f. 短袖襯衫

㉔ **la chaqueta** f. 外套

㉕ **el polo** m. polo 衫

㉖ **la gorra** f. 鴨舌帽

㉗ **los vaqueros** m. 牛仔褲

㉘ **los pantalones cortos** m. 短褲

㉙ **los calzoncillos** m. 男用四角褲

30 **el llavero** m. 鑰匙圈

31 **las gafas de sol** f. 太陽眼鏡

32 **el vestido con escote cruzado**
m. 前蓋式 V 領洋裝

33 **la camiseta** f. T 恤

34 **el pantalón pitillo (el skinny jean)**
m. 煙管褲

35 **la falda de tubo** f. 窄裙

36 **los pantalones capri** m. 七分褲

37 **los zapatos con tacón alto**
m. 高跟鞋

38 **el bolso** m. 手提包

39 **el cinturón** m. 皮帶

40 **el pañuelo** m. 領巾

41 **el jersey** m. 毛衣

42 **el gorro** m. 毛線帽

43 **la bufanda** f. 圍巾

44 **las botas** f. 靴子

45 **los calcetines** m. 襪子

46 **el chaleco** m. 背心

47 **la pinza de pelo** f. 髮夾

48 **la chaqueta de plumón**
f. 羽絨外套

49 **los guantes** m. 手套

50 **las manoplas** f. 連指手套

51 **el pantalón de chándal**
m. 運動褲（el chándal 是含上下身的
全套運動服）

52 **la sudadera** f. 連帽上衣

53 **los zapatos deportivos**
m. 運動鞋

◆ **Tips** ◆

慣用語小常識：ponerse las botas

西班牙語有一句俚語「ponerse las botas」，字面上的意思是「穿上靴子」，
但真正的意涵並非如此，而是指「吃很多」的意思。例如：Nos ponemos
las botas en la cena navideña.（我們在聖誕晚餐的時候吃很多。）這句話雖
然與靴子無關，但是其涵義的起源的確與靴子有關。相傳在靴子剛出現的時
候，因為由價格昂貴的皮革材質製成，因此有能力購買穿著的大多是上流人
士。這些人相較於中下階層的人來說，不僅生活無虞，而且豐衣足食。因此，
才會衍生出「有能力穿靴子的上流人士」可以「吃很多很豐盛的食物」這個
意涵。

01-3-3.mp3

常用的化妝品，西班牙語要怎麼說？

1. **la base de maquillaje (líquida)** f. 粉底（液）

2. **la base de maquillaje en barra** f. 粉條

3. **la sombra de ojos** f. 眼影

4. **la paleta de sombras de ojos** f. 眼影盤

5. **la brocha de ojos** f. 眼影刷

6. **la máscara de pestañas** f. 睫毛膏

7. **el delineador de cejas** m. 眉筆

8. **la brocha de cejas** f. 眉刷

9. **el colorete** m. 腮紅

10. **la brocha de colorete** f. 腮紅刷

11. **la brocha de polvos** f. 蜜粉刷

12. **la almohadilla de maquillaje** f. 粉撲

13. **la barra de labios** f. 口紅

14. **el delineador de ojos (el eyeliner)** m. 眼線筆

15. **el afilador de lápices** m. 削筆器

16. **el bálsamo labial** m. 護唇膏

17. **el brillo labial** m. 唇蜜

18. **el lápiz labial** m. 唇筆

19. **el polvo de maquillaje** m. 蜜粉

20. **el pintauñas (el esmalte de uñas)** m. 指甲油

21. **el rizapestañas** m. 睫毛夾

常用的保養品，西班牙語要怎麼說？

1. **el tónico facial** m. 化妝水
2. **la loción** f. 乳液
3. **el desmaquillante**
   m. 卸妝油、卸妝液（總稱）
4. **la crema solar** f. 防曬霜
5. **la crema de día** f. 日霜
6. **la crema de noche** f. 晚霜
7. **la crema hidratante**
   f. 保濕霜
8. **el suero/sérum facial**
   m. 精華液
9. **la crema de contorno de ojos** f. 眼霜
10. **el gel de contorno de ojos** m. 眼膠
11. **la mascarilla** f. 面膜
12. **la mascarilla de ojos** f. 眼膜
13. **la loción de cuerpo** f. 身體乳液
14. **la crema de manos** f. 護手霜

梳妝台上的其他用品，用西班牙語怎麼說？

1. **el cepillo de pelo** m. 圓梳
2. **el peine** m. 扁梳
3. **la pinza** f. 髮夾
4. **el coletero** m. 髮圈
5. **la diadema** f. 髮箍
6. **el gel para el cabello**
   m. 頭髮造型凝膠

   衍 **la laca (para el cabello)**
   f. 定型噴霧

7. **el cortaúñas** m. 指甲剪
8. **el rulo de pelo** m. 髮捲
9. **el rizador de pelo** m. 電棒捲
10. **el secador de pelo** m. 吹風機
11. **el tinte de pelo** m. 染髮劑
12. **el espejo** m. 鏡子

55

03 睡覺 dormir

01-3-4.mp3

說到「睡覺」你會想到什麼呢？

1. **ir(se) a la cama** 去睡覺
2. **el cuento para (antes de) dormir** m. 床邊故事
3. **dormirse** 睡著
4. **echar/dormir la siesta** 睡午覺
5. **sentirse soñoliento/a** （男／女）覺得昏昏欲睡

6. **dormir a pierna suelta** 睡得很熟
7. **dormir a alguien** 哄／讓某人睡覺
8. **tener sueño** 想睡
9. **descabezar un sueño** 小睡一下
10. **tener un sueño inquieto** 睡不安穩
11. **tener insomnio** 失眠
12. **trasnochar** 熬夜
13. **volver a dormir** 睡回籠覺
14. **dormir todo el día** 睡一整天

15. **el sueño reparador** m. （讓人恢復精力的）美容覺
16. **tener el sueño ligero** 淺眠
17. **el soñador / la soñadora** m./f. 夢想家，愛做白日夢的人
18. **soñar despierto/a** m./f. （男／女）做白日夢
19. **el madrugador / la madrugadora** m./f. 早起的人
20. **el trasnochador / la trasnochadora** m./f. 習慣晚睡的人
21. **el dormilón / la dormilona** m./f. 貪睡的人

關於「夢」有哪些常用的表達呢？

1. **¡Ni lo sueñes!** 你別做夢了！
2. **tener un sueño** 有一個夢想
3. **tener pesadilla** 做惡夢
4. **soñar con...** 夢想⋯
5. **¡No dejes de soñar!** （你）不要放棄夢想！
6. **un sueño hecho realidad** 美夢成真的事
7. **¡Que duermas bien!** 祝你一夜好眠！

常見的睡姿，西班牙語要怎麼說呢？

dormir boca abajo
（嘴朝下）趴睡

dormir boca arriba
（嘴朝上）仰睡

dormir de lado
側睡

◆ Tips ◆

慣用語小常識

西班牙語當中，與睡覺相關的表達，最常聽到的就是 irse a la cama（上床睡覺去）。例如：Me voy a la cama ahora, porque mañana tengo que madrugarme.（我現在要去睡了，因為明天我得早起）。有時候，媽媽命令小朋友上床睡覺時，會直接說 ¡A la cama, ahora mismo!（立刻上床睡覺去！）。

另外一種表達睡覺的用語 tirarse en la cama，字面上是「撲到床上、跳到床上」，實際上就是躺到床上睡覺，語感有點像是英語的「hit the sack（sack 在這裡是『床鋪』的意思）」，同樣的意思也可以用 tumbarse en la cama（躺在床上）來表達。另外還有用 planchar la oreja「燙平耳朵」表示睡覺的說法，因為側著頭睡覺的姿勢，感覺就像是要把耳朵壓平一樣。

睡過頭則可以用 pegarse las sábanas a alguien「床單貼在某人身上」來表達，例如：A Lidia se le han pegado las sábanas, y ha llegado tarde a clase.（莉蒂亞睡過頭，結果上課遲到了）。

El cuarto de baño 浴廁

01-4-1.mp3

這些應該怎麼說？

浴廁擺設

1. **el embaldosado** m. 鋪磁磚的地面
   補充：**la baldosa** 磁磚

2. **el mueble de baño**
   m. 和洗手台整合的抽屜櫃

3. **el espejo** m. 鏡子

4. **el lavabo** m. 洗手台

5. **el grifo** m. 水龍頭

6. **el inodoro** m. 馬桶

7. **la ducha** f. 淋浴設備

8. **la toalla** f. 毛巾

9. **el toallero** m. 毛巾架

⑩ **el desagüe** m. 排水口

⑪ **el papel higiénico** m. 衛生紙

⑫ **el cubo de basura** m. 垃圾桶

⑬ **el extractor de baño** m. 抽風扇

⑭ **la cabina de ducha** f. 淋浴間

補充：**el calefactor** m. 暖爐

◆ Tips ◆

西班牙人洗澡的習慣

除了生活作息時間、文化及語言之外，西班牙人和台灣人的洗澡習慣也有些不同的地方。西班牙人對於保持浴室的「乾淨」非常重視。他們所謂的乾淨，不只是保持清潔，還包括浴室地板「乾燥不濕滑」，所以浴廁會有乾濕分離的設計，通常是用浴簾分隔，這樣即使洗澡也不會把整個空間都變得潮濕。西班牙家庭的浴室通常都有浴缸，浴缸裡會放止滑墊，外面還會放一塊腳踏墊。西班牙人通常站在浴缸裡淋浴，為了避免水花濺到地板上，淋浴時會把浴簾底部完整地貼合在浴缸內側。如果有需要的話，洗完澡後還會用拖把稍微擦一下地板。

西班牙語有兩個表達洗澡的動詞：bañarse 和 ducharse。bañarse 指的是將身體浸入水中，相當於英語的 take a bath。除了洗澡以外，bañarse 也可以用來表達「游泳玩水」。而 ducharse 指的是淋浴，用英語表達就是指 take a shower。

bañarse

ducharse

在浴廁會做什麼呢？

01-4-2.mp3

01 — 洗澡 ducharse

常見的浴廁設備及用品有哪些？

la bañera
f. 浴缸

la cortina de baño
f. 浴簾

el tapón de desagüe
m. 排水孔塞

la alfombrilla de baño
f. 浴室腳踏墊

la alfombrilla de bañera
f. 浴缸裡的止滑墊

el cesto de ropa*
m. 洗衣籃

* 相對於一般的 cesta（籃子），cesto 是指比較大型的籃子。

1. **el jabón** m. 肥皂
2. **el champú** m. 洗髮精
3. **la esponja de baño** f. 沐浴球或海綿
4. **el gel de ducha** m. 沐浴乳
5. **la loción corporal** f. 身體乳液
6. **el albornoz** m. 浴袍
7. **el gorro de ducha** m. 浴帽
8. **el cepillo de cuerpo** m. 沐浴刷
9. **la toalla de baño** f. 浴巾

補充：**la toalla para el rostro** f. 擦臉毛巾

la toalla para las manos f. 擦手毛巾

la toalla para los pies f. 擦腳毛巾

la toalla de microfibra f. 超細纖維毛巾

la toalla desmaquillante f. 卸妝毛巾

10. **el gel limpiador de manos** m. 洗手乳
11. **el peine** m. 扁梳
12. **el bastoncillo de algodón** f. 棉花棒
13. **la bola de algodón** f. 棉花球
14. **el exfoliante** m. （身體、臉部）去角質劑
15. **el acondicionador** m. 潤髮乳

16. **la mascarilla capilar / la mascarilla para el pelo**
　 f. 護髮霜（髮膜）

17. **el gel limpiador facial** m. 洗面乳

18. **la espuma de afeitar**
　 m. 刮鬍泡

19. **la maquinilla de afeitar** f. 刮鬍刀

20. **el cepillo de dientes**
　 m. 牙刷

21. **el hilo dental** m. 牙線

22. **el enjuague bucal**
　 m. 漱口水

23. **la pasta de dientes** f. 牙膏

24. **el portacepillo de dientes**
　 m. 牙刷架

25. **el desodorante** m. 體香劑

◆ Tips ◆

廁所的用詞及說法

在西班牙，公共廁所不多，即便是店家提供的廁所，也是要消費之後，用點餐收據上的密碼來解鎖才能使用。比較容易找到公共廁所的地方則是火車站和長途巴士車站。

要詢問廁所地點，可以說 ¿Dónde está el servicio?。至於西班牙語表達「上廁所」的說法，則有以下幾種：ir al servicio、ir al aseo、ir al toilet 和 ir al baño。El servicio、el aseo、el toilet 都表示「廁所」，el baño 則是家裡和浴室結合在一起的「浴廁」。許多店家會用「WC」字樣或男女性標誌來標示廁所的位置。

更直接表達「上廁所」的說法，則有 hacer pipí（上小號）和 hacer caca（上大號）。

••• 02 上廁所 ir al baño

01-4-3.mp3

常見的廁所設備及用品有哪些？

el urinario
m. 小便斗

el secador de manos
m. 烘手機

el dispensador de jabón
m. 給皂機

el inodoro
m. 馬桶

el ambientador
m. 空氣芳香劑

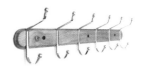

el gancho
m. 掛勾

清潔馬桶的用具有哪些？

la escobilla de baño
f. 馬桶刷

el desatascador
m. 通馬桶的吸把

el limpiador de baño
m. 浴廁清潔劑

Capítulo 4
El cuarto de baño 浴廁

03 洗衣服 poner la lavadora

01-4-4.mp3

常見的洗衣、烘衣設備以及會用到的用品

① la lavadora
f. 洗衣機

② la secadora de ropa
f. 烘衣機

el detergente en polvo
m. 洗衣粉

el detergente líquido
m. 洗衣精

el suavizante
m. 柔軟精

la lejía
f. 漂白水

③ la ropa sucia
f. 髒衣服

④ el cesto de ropa
m. 洗衣籃

la percha
f. 衣架

la pinza para ropa
f. 曬衣夾

la bola de lavado f. 洗衣球
el quitamanchas m. 去汙劑
el tendedero m. 晾衣架
la cuerda para tender la ropa f. 曬衣繩
la tabla de lavar f. 洗衣板
la plancha f. 熨斗
la tabla de planchar f. 燙衣板

慣用語小常識：髒抹布 trapos sucios

在打掃清潔時常見的抹布（trapo），除了當作清潔用具之外，trapos sucios（髒抹布）在西班牙語中也用來表示「某個人或某個家庭的醜聞、缺點或是問題」。例如：Mi mujer siempre me saca los trapos sucios a relucir. 我老婆總是掀我舊帳。（sacar a relucir 意指說出、提及某事）。此外，西班牙有一句和髒抹布相關的俚語是這麼說的：Los trapos

sucios se lavan en casa.（字面上的意思：髒抹布要在家裡洗），也就是中文所說的「家醜不外揚」。

各類洗衣會做的動作，用西班牙語該怎麼說？

1. **lavar** v. 洗
2. **secar** v. 烘乾
3. **cepillar** v. 刷
4. **echar** v. 倒（洗衣精）
5. **llevar a la tintorería** 送到乾洗店
6. **lavar en seco** 乾洗
7. **blanquear** v. 漂白
8. **sumergir en agua** v. 浸泡在水裡
9. **colgar** v. 掛起來
10. **tender** v. 晾
11. **escurrir** v. 擰乾
12. **frotar** v. 搓洗
13. **lavar la ropa** 洗衣服
14. **tender la ropa** 晾衣服

西班牙的晾衣習慣和自助洗衣

一般西班牙家庭在洗完衣服後，會將衣服晾在住家的窗外。有別於台灣使用衣架將衣物晾在陽台，西班牙人習慣將洗好的衣物用夾子固定，掛在架設於窗外的曬衣繩上。公寓式的住家，則會將衣服晾在中庭。

西班牙的自助洗衣店（lavandería autoservicio）通常設置在都會住宅區及學生宿舍裡。洗衣機和烘衣機的收費是分開的，隨著機器容量的不同，洗衣服的價格從 2 歐元到 10 歐元左右，烘乾衣物的價格則是 1-2 歐元左右。

洗衣機的使用大同小異，有的只需要將衣物放入洗衣機，然後按啟動鈕即可使用。設備比較先進的洗衣機，還會提供更多進階的選項。幾個基本步驟的說法如下：

將衣物放進洗衣機 introducir la ropa en la lavadora
用卡片或現金付費 pagar con tarjeta o en efectivo
選擇對應裝好衣物的洗衣機按鈕（號碼）
seleccionar el botón correspondiente a la máquina cargada
選擇清洗模式 seleccionar el programa de lavado

PARTE II
El transporte 交通

Capítulo 1

La estación de metro 地鐵站

02-1-1.mp3

這些應該怎麼說？

大廳（el vestíbulo）

❶ el pasajero / la pasajera
m./f. 旅客

❷ la puerta de entrada
f. 入口閘門

❺ la puerta de salida
f. 出口閘門

❹ la pantalla de información
f. 資訊看板

⑤ la línea f. 路線

 衍 **la parada** f. 停靠站

 衍 **la última parada** f. 終點站

⑥ el cartel m. 海報

⑦ la máquina expendedora
 f. 販賣機

月台（el andén）

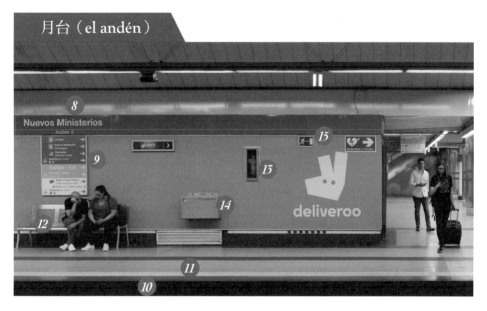

⑧ el nombre de estación m. 站名

⑨ la correspondencia f. 連接，轉乘

⑩ el ferrocarril m. 軌道

⑪ la línea amarilla de seguridad f. 月台警戒線

 衍 **cuidado con la brecha entre el andén y el tren** 小心月台間隙

⑫ el banco m. 長椅

⑬ el extintor m. 滅火器

⑭ la papelera f. 垃圾筒

⑮ la salida de emergencia f. 緊急出口

在地鐵中常用的句子

1. **No se apoye contra la puerta.** 請勿倚靠車門。

2. **No suba al tren cuando suena el sonido de cierre de puertas.** 關門警示音響時請勿強行進入。

3. **Ceda el asiento a quienes lo necesitan.** 請讓座給需要的人。

4. **No rebase la línea amarilla de seguridad.** 請勿跨越月台警戒線。

5. **El tren está llegando.** 列車進站中。

6. **Antes de entrar, permita salir.** 上車前請先讓車上旅客下車。

7. **Aprete el pasamanos, por favor.** 請緊握扶手。

◆ Tips ◆

因應冠狀病毒疫情而產生的地鐵標語

2020 年，由於冠狀病毒疫情（la pandemia del coronavirus）的緣故，馬德里地鐵新增了幾項宣導的標語，勸導乘客避免近距離接觸，並且佩戴口罩，降低病毒傳播的風險。為了避免疫情擴散，每個人都應該重視這些小細節。讓我們一起來認識這些防疫標語的西班牙語說法吧！（註：和前面「在地鐵中常用的句子」中使用第三人稱單數命令式、比較委婉的說法比起來，這裡的標語使用第二人稱單數命令式，語氣比較直接、強硬。）

▲馬德里地鐵 twitter 帳號（@metro_madrid）發出的防疫宣導海報圖片。

- Es obligatorio el uso de mascarilla.
  務必佩戴口罩。

- Evita las horas puntas.
  避免尖峰時段（搭乘）。

- Mantén la distancia con los demás usuarios.
  與其他（地鐵）使用者保持距離。

- No formes colas y deja espacio al entrar y salir.
  上下車時勿排隊，並留出空間。

- Solo una persona por ascensor 電梯每次限單人搭乘

- Evita aglomeraciones. Utiliza todo el espacio del andén.
  避免群聚。利用月台上的全部空間（分散候車位置）。

在地鐵站會做什麼呢？

02-1-2.mp3

◇◇◇ 01 進站 entrar en la estación

買票及進站的地方會出現什麼呢？

① **la máquina expendedora de billetes**
f. 售票機

② **la salida de cambio y recibo**
f. 找零與收據出口（取票口）

③ **el interfono** m. 對講機

④ **la pantalla táctil** f. 觸控螢幕

⑤ **la ranura de monedas** f. 投幣口

⑥ **la ranura de tarjeta de crédito**
f. 信用卡插入口

⑦ **la ranura de tarjeta multi**
f.「多功能卡」插入口

⑧ **la ranura de billetes** f. 紙鈔插入口

⑨ **el teclado numérico** m. 數字鍵盤

（輸入信用卡密碼時使用，所以如果要使用信用卡，一定要預先設定好 4 位數的預借現金密碼）

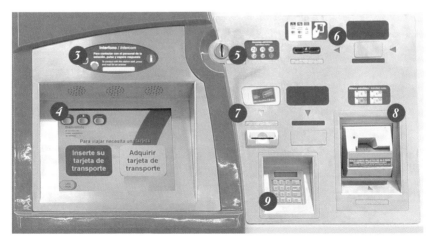

71

生活小常識：馬德里的地鐵路網

馬德里的交通便利，大眾
運輸交通工具的網絡四通
八達，常用的交通方式可
大致分為以下幾種：

- 地鐵：Metro
- 輕軌電車：Metro
  Ligero、Tranvía (de
  Parla)
- 市區公車：Autobuses
  urbanos
- 公路客運：Autobuses
  interurbanos
- 長途巴士：Autobuses
  de largo recorrido
- 近郊鐵路：Cercanías
  ferroviarias

對於一般的觀光客而言，地鐵的路網已經足以到達市中心大多數的主要地點，而且依照馬德里自治區的大眾運輸分區（從市中心到外圍地區，分為 A, B1-B3, C1-C2, E1-E2），路網的大部分都屬於 A 區，也就是每趟旅程都適用同樣的票價，所以一般遊客通常只要買 A 區票就行了。不過，系統中仍然有一些特殊的區間，如果要跨區前往這些地方，就必須購買跨區票（combinado）。以下是非屬 A 區的區間：

1. MetroNorte（地鐵北支線）：10 號線北端區間
2. MetroEste（地鐵東支線）：7 號線東端區間
3. MetroSur（地鐵南支線）：10 號線南端，以及 12 號線全區
4. TFM（馬德里鐵路交通）：9 號線東端區間
5. Metro Ligero Oeste（西部輕軌電車）：輕軌 1 號線（ML1）適用地鐵 A
   區票，但從地鐵到西部的輕軌 2、3 號線（ML2, ML3）則是跨區間

你知道嗎？

地鐵票的種類有哪些？

馬德里地鐵（Metro Madrid）從 2017 年底開始，將原本的紙張型票券淘汰，全面改用儲值型的多功能卡（Tarjeta Multi）。票券的種類依然延續之前紙張型票券的分類，依據搭乘次數來分的話，分為單程票（sencillo）及 10 次票（10 viajes）。一般非跨區的 10 次票，可以自由選擇搭乘地鐵 A 區或 EMT 公車，稱為「地鐵公車票」（metrobús）。10 次票不但價格比單程票優惠，而且採用固定票價，不像一般單程票價會隨著車站數而增加（5 站以下 1.5 歐元，每超過 1 站加收 0.1 歐元，最多 2.0 歐元），是比較好的選擇。

除了地鐵本身的票價以外，售票機上還可以看到「機場」（aeropuerto）的選項，這是因為每次進出機場車站都要收取 3 歐元的附加費（suplemento），必須在購票時支付。

多功能卡可以在捷運站的自動售票機購買，或者在經授權的菸酒專賣店（estanco）等地點購買並儲值。卡片中存入的並不是金額數字，而是購買完成的單程票、10 次票、機場附加費等等，在售票機也可以查詢剩餘可用的旅行次數。

除了上述票種以外，多功能卡也可以存入適合外地遊客的旅遊票（título turístico），可以在 1-7 天的期間內無限次搭乘各種大眾交通工具。旅遊票分為限馬德里市區（Municipio de Madrid）內使用的 A 區票，以及馬德里自治區（Comunidad de Madrid）各地皆可使用的 T 區票（也就是從 A 到 E2 各區）。2021 年的票價如下：

	1 天	2 天	3 天	4 天	5 天	7 天
A 區	8,40 €	14,20 €	18,40 €	22,60 €	26,80 €	35,40 €
T 區	17,00 €	28,40 €	35,40 €	43,00 €	50,80 €	70,80 €

至於日常通勤者，則有定期票（abono）可以選擇，但必須申辦記名式、印有照片的個人卡（Tarjeta Transporte Público Personal）才能利用。30 日

票（el abono de 30 días）可以在售票機和一般加值據點購買並存入卡片，年票（el abono anual）則必須向交通卡管理單位的辦事處預約申辦，但兩者的每月費率是相同的。

02-1-3.mp3

搭車時，常見的東西有什麼？

① **el vagón** m. 車廂

② **el pasamanos** m. 扶手

③ **el plano de metro**
m. 地鐵路線圖

④ **el pasillo** m. 走道

⑤ **la señal de prohibido fumar** f. 禁菸標誌

⑥ **la estación actual** f. 目前所在車站（在路線示意圖以燈號顯示）

⑦ **el asiento reservado**
m. 博愛座

補充：**el tirador de parada de emergencia**
m. 緊急停車把手

03 出站 salir de la estación

02-1-4.mp3

出站時，常見的東西有什麼？

1 **la salida** f. 出口

2 **la escalera** f. 樓梯

3 **la rampa de acceso**
　　f. 斜坡通道

4 **el plano** m. 地圖

5 **la máquina expendedora
de billetes** f. 售票機

6 **suspensión en línea ~**
　　…號線暫停營運

La estación de tren 火車站

02-2-1.mp3

這些應該怎麼說？

火車站配置

❶ **el vestíbulo** m. 大廳

❷ **el pasajero / la pasajera** m./f. 乘客

❺ **la taquilla** f. 售票處

㊂ **la oficina de venta (de billetes)** f. 售票辦公室

㊂ **comprar el billete** 購票

❹ **el horario** m. 時刻表

⑤ la pantalla de información
f. 資訊看板

⑥ la hora f. 時刻

⑦ el mapa de líneas m. 路線圖

⑧ (Renfe) Cercanías
m. 西班牙近郊鐵路

⑨ media y larga distancia
f. 中長距離

衍 **las salidas** f. 出發

衍 **las llegadas** f. 抵達

衍 **la hora** f. 時刻

衍 **el destino** m. 目的地

衍 **procedente de**
adj. 來自（出發車站）

衍 **la vía** f. 軌道（列車停靠的位置）

⑩ el andén m. 月台

⑪ el tren m. 列車（在時刻表
上則是指「列車種類」）

⑫ el número de vía
m. 軌道編號

⑬ el reloj m. 時鐘

慣用語小常識：火車篇

estar como un tren
「像是火車的樣子？」

西班牙人喜歡讚美人，與朋友見面或巧遇時，熱情直接的西班牙人往往會直接稱讚女生：¡Qué guapa estás!（妳今天真美）。除了直接用形容詞表達美貌以外，西班牙語也有一句慣用語「estar como un tren」，表示某個女性擁有豔驚四座、

無懈可擊、令人屏息、非常具有吸引力的美。這個慣用語字面上是說「（狀態）如同火車一般」，用火車來比喻迷人的美麗，其實和交通工具的發展歷史有關。

在 19 世紀中期之前，西班牙都是以馬拉的車輛作為交通及運輸工具，稱為 el carro、la diligencia 或 el coche（和現代的汽車是同一個字）。後來火車（el tren）及鐵路（el ferrocarril）出現，截然不同的運輸方式和車輛造型，讓當時的人為之驚豔。而且，火車能乘載大量的乘客和貨物，速度快又平穩，打破了大眾對於交通工具的想像，所以才用「estar como un tren」來比喻一個人的外貌超乎想像、令人讚嘆。

你知道嗎？ ◀▶▶▶▶ ▶▶ ▶▶▶ ▶ ▶▶

時刻表上有哪些資訊呢？

搭乘火車時，雖然車票上已載明搭乘的目的地、座位號碼、班次號碼、出發時間等資訊，但還是需要注意大廳時刻表上的火車資訊。除了查看自己要搭乘的列車在幾號軌道以外，也可以得知是否有誤點或更改軌道的情形。在「出發」（salidas）時刻表上，會標示 Ⓐ 時刻（hora）、Ⓑ 目的地（destino）、Ⓒ 車種（tren）、Ⓓ 軌道號碼（vía）和 Ⓔ 備註（observaciones）。某些主要車站或末端站，因為是許多列車的終點，所以也會有「llegadas」的看板，顯示列車抵達的資訊。

Hora TIME	Destino DESTINATION (B)	Tren TRAIN (C)		Vía PLATFORM (D)	Observaciones REMARKS (E)
09:36	L'HOSPITALET	RODALIES	R1	7	
09:36	ST.VICENC CALDERS	RODALIES	R2	-	V 9-10 SITGES
09:36	LATOUR DE CAROL	RODALIES	R3	8	
09:39	AEROPORT	RODALIES	R2	-	VIAS 9-10
09:41	MANRESA	RODALIES	R4	8	
09:43	BCN ESTACIO FRANCA	REX	15050	-	VIAS 13-14
09:43	BLANES	RODALIES	R1	8	

Salidas **Sortides** DEPARTURES

▲行李檢查站

在月台上，則會有小型的電子看板，顯示列車的 **❶** 出發時間（hora）、**❷** 車種（tren）和 **❸** 目的地（destino），以及下一班車（próximo tren）的資訊。

特別值得一提的是，如果是搭乘高速列車（AVE、Avant）的話，建議在發車時間前提早 10 分鐘到車站，因為搭乘高速列車需要先經過行李檢查站（control de equipajes），就像搭飛機一樣，讓行李經過 X 光機的檢查，需要花費一點時間。

▶▶▶▷▶▷▶▶▷▶▶▷▷▷

01 進站 entrar en la estación

02-2-2.mp3

售票機上的文字，各代表什麼功能呢？

① **la máquina expendedora/ autoventa de billetes**
f. 售票機

② **la pantalla** f. 螢幕

③ **dispositivos sin contacto**
m. 非接觸式設備（手機、信用卡）

④ **el lector de tarjetas**
f. 卡片（信用卡、簽帳卡）讀取器

⑤ **el teclado numérico** m. 數字鍵盤（輸入卡片密碼用）

⑥ **el lector de códigos** m. 條碼、QR 碼掃瞄器

⑦ **la salida de recibos** f. 收據出口

⑧ **el interfono** m. 對講機

⑨ **la salida de billetes** f. 車票出口

※ 圖為不收現金的售票機，收現金的機型會有：

la ranura de monedas f. 硬幣投入口
la ranura de billetes f. 鈔票投入口
la salida de cambios f. 找零出口

不同的火車票，該在哪個售票機購買車票？

西班牙的主要火車站，都有便利的交通連接網絡，方便旅客直接從火車站轉搭地鐵（metro）、近郊鐵路（Cercanías）。除了在窗口（ventanilla）直接向服務人員購票外，也可以利用自動售票機購票。西班牙國鐵（Renfe）的售票機大致上可分為兩種：

▲只收信用卡的售票機

▲ Cercanías 的售票機

- 紫色的 Renfe 售票機：高速列車只接受信用卡購票，所以比較小型、只收信用卡的機型常被指定為高速及長途列車專用，而比較大型、收現金的機台則供一般、非長途列車售票用。許多到西班牙遊玩的人會事先在 Renfe 官網訂購對號車票，以獲得較優惠的票價，也可以免除人工售票及機器售票加收的手續費。在網路上訂購完成後就可以自行列印車票，也可以到售票機憑訂位代碼（localizador）取票。
- 紅色的 Renfe Cercanías 近郊鐵路售票機：各大城市的近郊通勤網路，不指定車次及座位，運作方式類似台灣鐵路的區間車，可以在紅色「C」字設計的專用售票機購票。在加泰隆尼亞，近郊鐵路則是稱為 Rodalies，有些售票機不是紅色而是橘色方形的。

如果需要在車站預先購買車票，只在售票處（venta de billete）入口處附近，找到上面寫著預售票（anticipado）的機器，抽取號碼牌等候叫號，就可以在窗口購買非當日的車票。

與購票相關的單字：
la cantidad　f. 張數
(el tipo de) tren　m. 車種
(el tipo de) billete　m. 票種
la salida　f. 起始站
la llegada　f. 到達站

生活小常識：火車票篇

2021 年 7 月起，Renfe 取消了原本的車廂分級，簡化為兩種座位等級：estándar（標準）和 confort（舒適大座位），以此作為新票種區分等級的原則。一般而言，越早訂購折扣越多，越晚則越接近原價，平日班次的折扣又比假日多。不過，預售票並沒有固定的開賣日期，折扣幅度也會經常變動，所以建議在預計搭乘的三個月前開始注意車票是否已經開始販售，才有機會搶到便宜的價格。

2021 年 7 月改制後的票種及條款整理如下表：

種類	可否更改	可否退款	錯過列車時	選位費用	座位
Básico 基本票	×	×	不可換票	8 歐元	標準座
Elige 自選等級	○ 手續費 20%	○ 手續費 20%	+30% 票價換票	5 歐元	自選標準或舒適大座位
Prémium 高級票	○	○ 手續費 5%	免費換票	免費	舒適大座位

除了以上票種之外，也有提供多次搭乘優惠的高鐵定期票「Bono AVE」，適合需要經常搭乘的人士使用。

•••02 搭車 coger el tren

02-2-3.mp3

搭車時，常見到的字彙有那些呢？

① **el tren** m. 火車

② **el vagón** m. 車廂

③ **el andén** m. 月台

④ **la escalera mecánica** f. 電扶梯

⑤ **la cubierta** f. 屋頂

⑥ **la catenaria** f. 高架電車線

⑦ **el ascensor** m. 電梯

⑧ **la escalera** f. 樓梯

⑨ **la lámpara** f. 燈

⑩ **la megafonía** m. 廣播系統

⑪ **la vía (férrea)** f. 鐵軌

西班牙國鐵有哪些車種呢？

西班牙國家鐵路公司「Renfe」由「Red Nacional de los Ferrocarriles Españoles」（西班牙國家鐵路網）縮寫而成，是隨著西班牙政府收購民營鐵路而在 1941 年成立的國營公司，除了貨運、一般鐵路客運以外，也包辦了 1992 年開始營運的高速鐵路服務。

歐洲的鐵路路網發達，對自助旅行者而言，是很便利的交通方式。搭乘火車，除了可以漫遊西班牙大城小鎮的風光以外，也可以銜接法國和葡萄牙的路網，所以也很適合跨國旅行。在安排火車之旅之前，讓我們來認識一下西班牙的火車種類。如果以行程距離區分，可以分為長程和中短程兩種。

長程列車：
- AVE (Alta Velocidad Española)：最高等級的高速列車
- Alvia：長程特快車（採用可變軌距的列車，可以在高速鐵路和一般鐵路行駛）
- Intercity：長程城際快車（較低等級的長程列車）
- Avlo：廉價高鐵列車（2021 年新推出的車種，類似廉價航空的概念，車輛與 AVE 相同，但不設置餐車，並且將服務減到最少。營運初期僅提供往返馬德里與巴塞隆納的班次，車身塗裝為全車紫色、logo 藍綠色。）

▲ AVE：車身有灰色和紫色線

▲ Alvia：車身有兩條紫色線

中、短程列車：
- Avant：中程高速列車
- Media Distancia (MD)：中程列車，停站數較多
- Cercanías：大城市的近郊通勤鐵路
- Rodalies：Renfe 和加泰隆尼亞政府共同營運的近郊通勤鐵路
- Regional：非屬 Cercanías 或 Rodalies 的區間車，幾乎各站皆停
- Regional Exprés：區間快車，停靠站數較少

▲ Avant：Renfe 的中程列車通常是橘色和紫色的配色

▲ Cercanías：紅色與紫色塗裝（兩種列車外型不同，但都是 Cercanías）

除了以上列車以外，也有和法國國家鐵路共同營運的跨國列車「Renfe-SNCF」，還有行駛國內或前往葡萄牙的夜間臥鋪列車「Trenhotel（火車旅館）」。另外，Renfe 也有車上提供高級餐飲和住宿的豪華觀光列車 Transcantábrico（行駛西班牙北海岸）、Al-Andalus（環遊安達盧西亞）、Tren de la Robla（往返 León 和 Bilbao）等等（但 2021 年因疫情全部取消）。

如果搭乘臥鋪列車，除非預訂單人或是雙人的臥鋪，否則與陌生的乘客一起共用一個房間是必然的。另外，無論是搭乘哪種車種，建議將後背包背在胸前（mochila adelante），也要保管好重要的財物及身分證件。人擠人的車廂是很多扒手會出現的場所，保護好自己的物品，才不會讓旅行留下遺憾。

搭車常用的句子

1. **Un billete para Valencia, por favor.** 請給我一張到瓦倫西亞的車票。
2. **Querría reservar un billete de Atocha* a Valladolid el día 20 a las ocho de la mañana.** 我想要預訂一張（這個月）20 號早上 8 點從阿托恰到瓦亞多利德的車票。

3. **Quería comprar un billete a Toledo con la llegada de las nueve.** 我想要買一張 9 點抵達托雷多的車票。

4. **Un billete de ida solo, por favor.** 麻煩給我一張單程票。

5. **Un billete de ida y vuelta, por favor.** 麻煩給我一張來回票。

6. **¿Cuánto cuesta el billete básico de Atocha a Salamanca?** 阿托恰到薩拉曼加的基本票價是多少呢？

7. **¿De qué andén sale el tren de las cinco y veinte para Salamanca?** 5 點 20 分（出發）往薩拉曼加的火車在哪個月台發車呢？

8. **¿Este tren va hacia Santander?** 這班車是開往桑坦德嗎？

9. **¿Este tren se para en Valladolid?** 這班車會停瓦亞多利德嗎？

10. **¿A qué hora sale el tren para Sevilla?** 往塞維亞的火車幾點發車？

* Atocha 的正式名稱是「Madrid Puerta de Atocha」，是馬德里最主要的鐵路車站；地鐵系統的站名則是「Atocha Renfe」。

···03 出站 salir de la estación de tren

02-2-4.mp3

這些應該怎麼說？

1 **la señal de dirección** f. 方向指引標示牌

2 **el vestíbulo de salidas** m. 出發（入站）大廳

3 **la (oficina de) venta de billetes** f. 售票（辦公室）

4 **la estación de autobuses** f. 巴士站

5 **la salida** f. 出口

6 **la información** f. 服務台

la oficina de turismo f. 旅遊服務中心

你知道嗎？

Renfe 提供的免費轉乘服務

搭乘火車到站後，可以轉搭巴士（autobús）、地鐵（metro）、租用車（coche de alquiler）或計程車（taxi）前往目的地。而對於利用 AVE 或其他長程列車（larga distancia）的旅客，Renfe 也提供兩次免費轉乘近郊鐵路 Cercanías 或 Rodalies 的服務，讓旅客能夠更容易接近目的地。在搭乘長程路線之前，或者到站下車之後，只要利用自動售票機，在畫面上選擇「Combinado Cercanías」（近郊鐵路聯票），並指定要前往的車站，再輸入車票左上方的 Combinado Cercanías 代碼，或者掃描車票上的條碼，就可以獲得免費轉乘車票，使用時間是長程列車出發前或到站後的 4 個小時內。

Capítulo 3

La estación de autobuses 巴士站

02-3-1.mp3

這些應該怎麼說？

巴士停等處

1 **la estación de autobuses** f. 巴士站

2 **el autobús** m. 巴士

3 **el andén** m. 月台

4 **el número de andén** m. 月台編號

5 **el banco** m. 長椅

售票處

6 **la pantalla de información** f.（巴士）資訊板

7 **la taquilla** f. 售票處

8 **la máquina de autoventa de billetes** f. 自動售票機

9 **el folleto de líneas de autobuses** m. 公車路線圖小冊子

● 巴士的種類有哪些？

02-3-2.mp3

el autobús urbano
m. 市內公車

el autocar
m. 大客車，遊覽車（在西班牙指城市間的長途巴士）

el autobús de doble piso
m. 雙層巴士

el autobús de piso bajo
m. 低底盤巴士

el autobús articulado
m. 雙節（或多節）巴士

el autobús de enlace
m. 接駁車

◆ Tips ◆

生活小常識：autobús 與 autocar 有何不同？

在西班牙本土的說法中，巴士可以分為市區內的公車（el autobús），以及連接不同城市的長途巴士（el autocar，在西班牙當成 autobús de largo recorrido〔長途巴士〕的同義詞使用）。在馬德里，市區公車統一由馬德里交通運輸公司（Empresa Municipal de Transportes de Madrid，簡稱 EMT）管理。大部分市區公車的運行時間是 6:00-23:30（週末及例假日從 7:00 開始），而深夜以後部分區域還有特別稱為「Búho」（意為「貓頭鷹」）的夜間公車。公車站幾乎都設置即時到站資訊看板，可以準確預估公車到站時間。另外也提供名為「EMT Madrid」的手機 app，方便隨時掌握訊息。

如果是要往返其他城市，就要利用其他專營長途客運的公司所提供的服務。隨著目的地的不同，客運公司選擇、發車頻率、路線與停靠站點也會有所不同，尤其目的地並非大城市時，並不是任何時間地點都有車可搭，所以一定要事先上網確認，以免白跑一趟。如果可能的話，選擇車次較多、涵蓋路線廣泛的巴士會比較便利。以西班牙中部城市為例，從馬德里前往 Salamanca 可以搭乘 Auto Res；如果是前往 Valladolid，則可以選擇 Alsa。購買長途巴士車票，可以事先在網路上購買，或者在巴士站售票處購買，在某些車站也可以利用自動售票機購買。

在公車站會做什麼呢？

••• 01 等公車 esperar el autobús

02-3-3.mp3

在公車候車亭有哪些常見的東西呢？

① **la parada de autobús** f. 公車站

　衍 **el nombre de la parada** m. 站名

　衍 **el número de la línea** m. 路線號碼

② **la publicidad iluminada** f. 燈箱廣告

③ **el banco** m. 長椅

④ **el refugio peatonal** m. 遮雨亭

⑤ **la acera** f. 人行道

⑥ **el carril bus** m. 公車道

⑦ **la papelera** f. 垃圾桶

⑧ **el mapa de rutas/líneas** m. 公車路線圖

⑨ **el horario** m. 時刻表

　衍 **la salida** f. 起始站

　衍 **la última parada / la terminal** f. 終點站

等巴士時，常會做什麼呢？

consultar las líneas de autobuses
查詢巴士路線

Antes del viaje, te recomiendo consultar las líneas de autobuses de antemano.

旅行前，我建議你事先查詢巴士路線。

consultar el horario
查詢巴士時刻表

Siempre consulto el horario antes de salir.

我總是會在出門前先查巴士時刻表。

esperar el autobús
等候巴士

Alberto ya ha llevado media hora esperando el autobús en la parada.

阿爾貝多已經在站牌等公車等了半小時。

consultar si el autobús va a ...
查詢巴士是否前往…

Querría consultar si este autobús va a la Puerta del Sol.

我想要查詢一下這輛公車會不會到太陽門。

02-3-4.mp3

巴士到站時，會做哪些事呢？

llegar a coger el autobús

趕上公車（llegar a + 原形動詞：終於做到…）

subir al autobús

上車

llevar a los pasajeros

載送乘客

esperar el autobús

等候巴士

hacer cola

排隊

hacer señales para parar el autobús

揮手攔車

在巴士內，有哪些常見的人事物？

el/la conductor/-ra

m./f. 公車司機

el/la pasajero/a sentado/a

m./f. 坐著的乘客

el/la pasajero/a de pie

m./f. 站著的乘客

el asiento de conductor

m. 駕駛座

el asiento delantero

m. 前座

el asiento trasero

m. 後座

el asidero

m. 拉環

la puerta

f. 車門

el pasamanos

m. 手扶桿

el asiento reservado

m. 博愛座

la salida de emergencia

f. 緊急逃生口

el extintor

m. 滅火器

02-3-5.mp3

與下車相關的事物有哪些？

el letrero
m. 公車頭標示

la próxima parada
f. 下一站

el sistema de anuncio
m. 廣播系統

la puerta delantera
f. 前門

la puerta trasera
f. 後門

el botón de parada
m. 下車鈴

la validadora
f. 驗票機

bajar del autobús
下車

la parada
f. 站牌

如何在馬德里搭公車旅遊？

在馬德里搭大眾運輸工具旅遊，是很方便的一種方式。馬德里的捷運（metro）及 EMT 公車（autobús）同樣以旅次計費，每搭乘一趟稱為一個 viaje；捷運大部分區域（zona A）和市內公車都屬於同一個票種，只要事先購買車票，就可以任意搭乘捷運和公車。一般單程票價是 1.5 歐元，不過購買 Metrobús de 10 viajes（地鐵公車

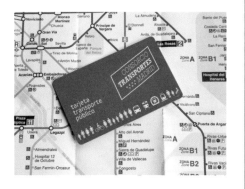

10 次票）則只需要 12.2 歐元。因為 Metrobús 的紙張車票已經廢除，所以實際上必須用售票機購買感應式交通卡「tarjeta multi」（多功能卡），並且同時購買 Metrobús 車票，將車票「存進」交通卡才能使用；卡片裡的車票用完時，只要用同一張卡片再次儲值車票就行了。如果不使用交通卡，也可以在公車上直接向司機購買車票，但只能買單程票，而且不接受使用超過 5 歐元的紙鈔付款。

除了全面採用非接觸式的驗票機以外，馬德里的公車也從 2019 年年底開始逐漸導入非接觸式信用卡付款系統，不但可以用實體信用卡感應付款，也可以利用 Apple Pay 之類的服務，以手機感應付款。雖然目前信用卡搭乘公車無法享有優惠，但對於短暫停留的外國旅客而言，仍然是相當便利的選擇。

El aeropuerto 機場

02-4-1.mp3

這些應該怎麼說？

機場配置

❶ el vestíbulo de salidas
m. 出境大廳

❷ el mostrador de facturación
m. 報到櫃台

❸ el personal de tierra
m. 地勤人員（總稱）

❹ la información de vuelos
f. 航班資訊

❺ la báscula de equipaje
f. 行李磅秤

❻ la cinta transportadora
f. （行李）輸送帶

⑦ el carrito portaequipajes m. 行李推車

⑧ el equipaje facturado / el equipaje de bodega m. 托運行李

⑨ el equipaje de mano m. 隨身行李

⑩ la publicidad f. 廣告

⑪ la compañía aérea f. 航空公司

♦ Tips ♦

慣用語小常識：volar 飛行

volar（飛行）這個動詞是表達鳥類或飛機飛行的動作。不過，volar 的某些用法在中文裡並不是用「飛」來表達，例如 volar cometas（放風箏）。同樣的，中文裡的「飛」也不一定是對應 volar，例如飛機「起飛」就要用 despegar 來表達：El vuelo hacia Madrid se ha despegado hace 2 minutos.（往馬德里的航班已經在兩分鐘前起飛了）。

另外，我們也常會聽到一句諺語 El tiempo pasa volando.，指的就是「時光飛逝」。例如：El tiempo pasa volando. Tu hijo ya ha cumplido tres años.（時間真是過得飛快。你兒子已經滿三歲了）。還有一個常用的說法，是用有代動詞形式 volarse 表示「蹺課」。例如：David se ha volado la clase de Gramática esta mañana.（今天早上大衛蹺了文法課）。

在機場會做什麼呢?

▶▶▶ ▷▷▷ ▷ ▷▷ ▷ ▷ ▷ ▷▷ ▷

⋯ 01 登機報到 hacer la facturación

02-4-2.mp3

航班資訊看板上有什麼?

Hora Time Hora	Destinació Destination Destino	Vol Flight Vuelo	Mostrador Counter Mostrador	Embarcam. Boarding Embarque	Porta Gate Puerta	Observ Remar Obser
13:25	LONDRES HR	E 7456	3/7	1:45		
13:40	LUXEMBURGO	LGL 3592	59/59	13:05	M4	
13:45	NUEVA YORK	IBE 6253	8/16	13:10	M1	
13:45	LA HABANA	IBE 6621	8/16	13:10	M1	
13:45	MADRID	IBE 6767	8/16	13:10	M1	
13:55	RIGA	BTI 682	82/87	13:20	M2	
13:55	LONDRES ST	EZY 3032	44/50	13:20	M4	
14:00	NEWCASTLE	EZY 6402	44/50	13:25	M5	
14:00	CASABLANCA	RAM 961	31/33	13:25	M5	
14:00	CASABLANCA	IBE 7709	31/33	13:25	M5	

Sortides Departures Salidas　Terminal B

① **los vuelos** m. 航班

② **la salida** f. 出境(出發)

　補充:**la llegada** f. 入境(抵達)

③ **la terminal** f. 航廈

④ **la hora de salida** f. 出發時間

⑤ **el destino** m. 目的地

⑥ **el número de vuelo** m. 班機號碼

⑦ **el mostrador de facturación** m. 報到櫃台

⑧ **la hora de embarque** f. 登機時間

⑨ **la puerta de embarque** f. 登機門

⑩ **la observación** f. 備註

1. **Querría hacer la facturación / el check-in.** 我想要報到劃位。

2. **¿Necesita usted facturar las maletas?** 您需要託運行李箱嗎？

3. **¿Cuántas piezas de equipaje tiene usted?** 您有幾件行李呢？

4. **Ponga las maletas en la báscula, por favor.**
麻煩將您的行李箱放在磅秤上。

5. **Tiene exceso de equipaje.** 您的行李超重了。

6. **¿Cuál es el costo por exceso de equipaje?**
行李超重的費用是多少？

7. **¿Podría darme un asiento de ventanilla/pasillo?**
可以給我靠窗／靠走道的座位嗎？

8. **Aquí tiene usted el pasaporte y la tarjeta de embarque.
Y la etiqueta de equipaje.**
這是您的護照和登機證。還有您的行李託運存根。

生活小常識：登機報到前要注意的事項

無論是在網路上自行買票，或是透過旅行社（agencia de turismo）代購機票，都要先確認飛機出發的航廈（la terminal de salida），例如馬德里的巴拉哈斯機場就有 5 個航廈（Terminal 1, 2, 3, 4, 4S），如果跑錯地方就有可能搭不上飛機。目前台灣沒有直飛西班牙的航班，中途必須轉機，所以也要先確認每一段航程的營運公司。

除了確定搭機的航廈以外，也要記得攜帶身分證明文件（el documento de identificación）和電子機票收據（el recibo de billete electrónico）。從台灣到西班牙，當然必須攜帶護照（el pasaporte），但如果是在西班牙當地取得了學生或工作居留證的人，從西班牙旅行到其他申根區（el espacio Schengen）的國家，就可以用居留證（la tarjeta de residencia）作為身分證明。但要注意搭乘的航班是否為直飛班機（vuelo directo），如果不是直飛班機，而且在非申根國（例如瑞士）轉機（hacer escala）的話，就等於中途離開了申根區，而必須查驗護照。

登機證上的資訊有哪些？

① **la tarjeta de embarque** f. 登機證

② **el nombre de pasajero** m. 乘客姓名

③ **el lugar de salida** m. 起飛地點

④ **el lugar de llegada** m. 到達地點

⑤ **el número de vuelo** m. 班機號碼

⑥ **la hora de embarque** f. 登機時間

⑦ **la puerta de embarque** f. 登機門

⑧ **el número de asiento** m. 座位編號

⑨ **la fecha de salida** f. 出發日期

⑩ **la clase (de cabina)** f. 艙等

 衍 **la clase ejecutiva/business** f. 商務艙

 衍 **la clase turista/económica** f. 經濟艙

 衍 **la primera clase** f. 頭等艙

⑪ **la terminal** f. 航廈

◆ **Tips** ◆

生活小常識：前往登機門

在櫃檯報到登記完之後，就可以帶著手提行李準備前往登機。旅客要先經過安檢站（el control de seguridad），由安檢人員（el personal de seguridad）用金屬探測器（el detector de metales）檢查身上是否有不能帶上飛機的物品。然後，通過護照查驗處（el control de pasaportes），就可以逛免稅店（las tiendas libres de impuestos）並等候登機了。

▲馬德里－巴拉哈斯機場的第 4 航廈內部

登機證上面通常會有登機門的號碼和登機時間，但偶爾也有臨時變更登機門的情形，或者因為天氣、機械狀況或其他問題而發生航班被延誤（retrasado）或被取消（anulado）的情況。這時候，可以從資訊看板得知變動的情況，也可以聽到透過廣播（la megafonía）宣布的消息。

02-4-3.mp3

在飛機上有什麼？

1 **el asiento de ventanilla** m. 靠窗座位

2 **el asiento de pasillo** m. 靠走道座位

3 **la mesa plegable** f. 摺疊式餐桌

4 **el compartimento superior** m. 頭頂置物櫃

5 **meter el equipaje en el compartimento superior** 把行李放進頭頂置物櫃

6 **el sistema de entretenimiento** m. 機上娛樂系統

7 **la pantalla táctil** f. 觸控螢幕

8 **el mando** m. 遙控器

⑨ los auriculares m. 耳機
⑩ el reposacabezas m. 頭靠處

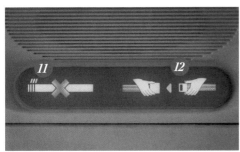

⑪ la señal de prohibido fumar f. 禁止吸菸標示
⑫ la señal de cinturones f. 繫上安全帶標示

⑬ la manta f. 毯子
⑭ la almohada f. 枕頭

⑮ el servicio/lavabo m. 洗手間
⑯ libre adj. 空閒中
⑰ ocupado adj. 使用中

從登機到飛機起飛的過程

完成身分及行李查驗手續之後，
就可以在起飛時間的 30 分鐘前，
開始在指定的**登機門**（la puerta
de embarque）排隊，準備登
機。到達**機艙**（la cabina）的方
式，大致上分為兩種：經過**空橋**
（la pasarela de embarque / de
acceso a aeronaves），或是搭
接駁車到停機坪，然後從活動的
樓梯（la escalera de avión）進入機艙。

上了飛機，**空服員**（el/la auxiliar de vuelo, el azafato / la azafata）
會在入口處指引旅客到各自的位置。機位分為**靠窗座位**（asiento de
ventanilla）、**靠走道座位**（asiento de pasillo）及**中間座位**（asiento
en medio）。接著，當飛機準備起飛時，會看到燈號提示**繫上安全帶**
（abrocharse el cinturón de seguridad），等到飛到空中，確定可以**解開
安全帶**（desabrocharse el cinturón de seguridad）時，才會看到燈號熄
滅。依照慣例，空服員會在走道的最前面，開始進行逃生及機上**安全相關
訊息的介紹**（las intrucciones de seguridad）。在飛機**起飛**（despegar）
的幾分鐘，和飛機**著陸**（aterrizar）前的幾分鐘，為了安全起見，都應該
確實繫上安全帶，千萬別急著站起來拿行李準備下飛機。

機上供餐時，常會說什麼呢？

空服員會說的：

1. **Les serviremos las comidas a ustedes después de unos minutos.** 我們將在幾分鐘後為各位提供餐點。

2. **Coloque el respaldo de asiento en posición.**
   請將您的椅背調正。

3. **Baje la mesa delante de usted.** 請將您前方的桌子放下。

4. **¿Cuál prefiere usted para cenar, pollo o pescado?**
   您晚餐想要吃雞肉還是魚？

5. **¿Y para beber?** 那飲料（要喝什麼）呢？

乘客會說的：

6. **El pollo, por favor.** 請給我雞肉。

7. **¿Qué hay para cenar?** 晚餐有什麼選擇呢？

8. **(Tráigame) un zumo de naranja, por favor.**
   麻煩給我一杯柳橙汁。

9. **Perdone, ¿Tienen algo para picar?**
   不好意思，您們提供輕食小點嗎？

10. **¿Podría prepararme la comida vegetariana?**
    可以給我素食餐嗎？

11. **Ya he terminado, recoja la bandeja, por favor.**
    我用完餐了，麻煩收走餐盤。

••• 03 通過入境審查 pasar por el control de Inmigración

02-4-4.mp3

入境時，通關查驗會說什麼呢？

1. **¿Cuál es el motivo de su visita?** 您這次來的目的是什麼呢？

2. **Para viajar.** 為了旅遊。

3. **Vengo en grupo turístico.** 我是跟團來的。
4. **¿Cuántos días se quedará en España?** 您會在西班牙待多久呢？
5. **Me quedaré aquí ... días.** 我會待…天。
6. **¿Dónde se alojará?** 您會住在哪裡呢？
7. **Tengo el hostal reservado.** 我訂了民宿。

飛機抵達目的地後會做什麼呢？

飛機降落之後，把**手提行李**（el equipaje de mano）拿下飛機，接受身分查驗後入境。然後進入**行李提領區**（la zona de recogida de equipajes），並且從資訊看板找到自己航班對應的**行李輸送帶**（la cinta de equipajes）編號，行李會一個接著一個被放上輸送帶。在等待的過程中，可以先找一台**行李推車**（el carrito de portaequipajes）。行李都到齊之後，就可以**通過海關**（pasar por la aduana），如果有需要**申報**（declarar）的行李，也要記得依法申報。入境之後，如果需要購買歐元，可以在機場的**換匯處**（la oficina de cambio de divisas）兌換，或是等到進入市區之後，再到銀行臨櫃換匯。

▲行李領取處

◆ **Tips** ◆

生活小常識：馬德里－巴拉哈斯機場

位於馬德里市中心東北方的巴拉哈斯機場（Aeropuerto Adolfo Suárez Madrid-Barajas，簡稱 Aeropuerto de Madrid-Barajas），是西班牙的主要國際機場，目前由國營機場公司 Aena 經營。

巴拉哈斯機場總共有四個主要航廈（T1, T2, T3, T4），以及一個附屬於 T4 的衛星航廈（T4S）。T1、T2、

▲馬德里－巴拉哈斯機場的第 4 航廈

T3 三座航廈相連，有 A-F 共六個登機區域，進駐的主要航空公司有西班牙的歐洲航空（Air Europa）等天合聯盟（Sky Team）成員，以及星空聯盟（Star Alliance）的成員。

至於 T4 和 T4S，則是最新擴建的航廈，獨特的大面玻璃及波浪狀屋頂設計，顯得獨樹一格。登機門分散在 H、J、K、M、R、S、U 等七個區域，每個區域以不同的顏色標示，就連柱子也使用對應的配色，讓乘客容易分辨。這裡主要由西班牙國家航空（Iberia）等寰宇一家（Oneworld）聯盟的航空公司進駐。

為了方便旅客及陪同的親友在不同航廈間移動，機場提供 24 小時免費的轉機／轉乘接駁巴士「Bus Tránsito」。但在 COVID-19 疫情期間，因為只有 T1、T4 維持營運，所以接駁車也暫時只停靠這兩座航廈，而不停靠其他航廈。

◆ Capítulo 4
El aeropuerto 機場

La calle 街道

這些應該怎麼說？

馬路配置

02-5-1.mp3

1. **la avenida** f. 大馬路，林蔭大道
2. **el carril izquierdo/rápido** m. 快車道
3. **el carril derecho/lento** m. 慢車道
4. **el carril bus(-taxi)** m. 公車（及計程車）道
5. **la mediana** f. 安全島

6. **el árbol** m. 樹木
7. **la cuadrícula de marcas amarillas** f. 黃色網狀禁停區
8. **el paso de peatones** m. 行人穿越道（註：圖為馬德里的行人穿越道，在巴塞隆納的形式也一樣，但西班牙多數城市仍然採用台灣常見的枕木紋樣式）

西班牙語當中，用來表達「路」的相關詞彙有很多，例如 la ruta（路線）、la calle（街道）、la carretera（公路）、el camino（道路）等等。其中，camino 這個字也可以用來比喻通往某個目標的途徑。西班牙語有一個用來表達人生態度的諺語「A camino largo, paso corto.」，字面上是「要前往

的路很長，步伐就要短」，意思是要人懷抱「堅持」的態度。當我們面對一個長遠的目標時，我們需要給自己時間，不慌不忙、一步一步努力，保持著積極的態度與耐心，才能慢慢達到目標。就如同中文的「愚公移山」、「鐵杵磨成繡花針」的意思一樣，要成就遠大的目標，我們需要時間和不斷的努力。

la calle
街道（建築物之間的一般道路）

la carretera
公路（專供車輛行駛的道路）

109

01 走路 caminar

02-5-2.mp3

這些西班牙語怎麼說？

① **el cruce / la intersección**
m./f. 十字路口

② **la esquina** f. 轉角處

③ **el paso de peatones**
m. 行人穿越道 / 斑馬線

④ **la acera** f. 人行道

⑤ **el peatón / la peatona** m./f. 行人

⑥ **el semáforo** m. 紅綠燈

⑦ **el semáforo peatonal**
m. 行人專用號誌燈

⑧ **la farola** f. 路燈

⑨ **la vía ciclista** f. 自行車道

⑩ **la tapa de alcantarilla**
f. 下水道孔蓋

⑪ **el autobús** m. 公車

補充：

la señal de dirección
f. 方向指示牌

el paso subterráneo
m. 地下道

要怎麼用西班牙文表達各種走路方式呢？

precipitarse 快速，趕緊（去做某件事）

Los bomberos se precipitan hacia el lugar de incendio.
消防員快速地到達火災現場。

corretear（沒有特定方向的）到處走、（在某特定範圍）走動

Estuvimos correteando en el parque hasta la caída de sol.
我們在公園裡隨意到處走走直到太陽下山。

pasear (dar un paseo) 散步

A mis abuelos les encanta pasear juntos después de la cena.
我的祖父母很喜歡在晚餐後一起散步。

◆ Capítulo 5
La calle 街道

cojear 步履蹣跚，拖著腳走路

Elisa cojea de la pierna izquierda porque tuvo un accidente grave el mes pasado.
愛麗莎拖著左腿蹣跚地走路，因為上個月她發生嚴重的車禍。

vagar 漫無目的地走

Manuel lleva todo el día vagando por la calle sin rumbo fijo.
馬努爾一天都在街上漫無目的地走著。

marchar 大步行進

Los soldados marchan por la avenida delante del ayuntamiento.
士兵們在市政府前的路上大步行進。

02-5-3.mp3

汽車的各項構造，西班牙語該怎麼說？

- 汽車外部

1 la carrocería f. 車身

2 el faro m. 大燈

3 el parabrisas m. 擋風玻璃

4 el capó m. 引擎蓋

5 la luz intermitente f. 方向燈

6 el retrovisor (izquierdo/derecho) m. （左／右邊的）後視鏡

7 la luz trasera f. 車尾燈

8 el maletero m. 車後行李廂

9 el neumático m. 車胎
　　衍 el dibujo del neumático m. 輪胎紋

10 la llanta f. 輪胎鋼圈

11 el limpiaparabrisas m. 雨刷

12 el tubo de escape m. 排氣管

13 el parachoques m. 保險桿

14 la matrícula f. 車牌，車牌號碼

衍 la placa de matrícula f. 車牌

15 el tanque/depósito de gasolina m. 油箱

16 el chasis m. 底盤

17 la puerta f. 車門

18 la ventanilla f. 車窗

19 la ventanilla triangular f. 三角窗

20 el techo m. 車頂

21 la calandra (la rejilla/parrilla* del radiador) f. 水箱遮罩（*parrilla 為拉美用語）

22 el pilar A m. A柱

23 el pilar B m. B柱

24 la manilla de puerta f. 車門把手

◆ Capítulo 5 La calle 街道

113

- 汽車內部

① **el retrovisor (interno)**
m.（車內的）後視鏡

② **el volante** m. 方向盤

③ **el claxon** m. 喇叭

④ **el freno de mano** m. 手剎車

⑤ **el sistema de audio** m. 音響系統

⑥ **el asiento del conductor**
m. 駕駛座

⑦ **el asiento delantero del pasajero** m. 副駕駛座
㊩ **el asiento trasero** m. 後座

⑧ **la palanca de cambios** f. 排檔桿

⑨ **la guantera** f. 前座置物箱

⑩ **la palanca de limpiaparabrisas**
f. 雨刷撥桿

⑪ **el respaldo del asiento**
m. 椅背

⑫ **el salpicadero** m. 儀錶板

⓭ **el cuentakilómetros** m. 里程表

⓮ **el velocímetro** m. 時速表

⓯ **el indicador de nivel del combustible** m. 油表

⓰ **el indicador de temperatura** m. 溫度計

⓱ **el tacómetro** m. 引擎轉速表

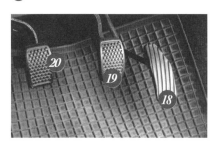

⓲ **el acelerador** m. 油門

⓳ **el pedal de freno** m. 煞車踏板

⓴ **el pedal de embrague** m. 離合器踏板

◆ **Tips** ◆

慣用語小常識：estar/quedarse en el chasis 骨瘦如柴

當我們在看一輛汽車時，會注意車身（carrocería），以及大燈（faro）、車門（puerta）、輪胎（neumático）、車後行李廂（maletero）等等細節，很少會想到隱藏在下方的底盤（chasis）。底盤雖然不起眼，卻是支撐並固定整個車體的基礎，就好像人體的骨骼一樣。estar/quedarse en el chasis 這個俗語，就是將汽車的骨架和人的身材做類比。雖然字面意義是「在底盤裡」，但實際上是表示「處在像是汽車骨架的狀態」，也就是「骨瘦如柴」的意思。

¡Come más, cariño! Estás en el chasis.
多吃一點，親愛的！你瘦得只剩骨頭了。

el coche pequeño
m. 小型車

**el coche cabrio /
el descapotable /
el convertible***
m. 敞篷車

**el coche
híbrido/eléctrico**
m. 油電混合車／電動車

el Jeep
m. 吉普車

**el coche hatchback/
compacto**
m. 掀背式房車

el camión
m. 大卡車

la autocaravana
f. 露營車

el monovolumen
m. 運動休旅車

el coche deportivo
m. 跑車

la furgoneta
f. 廂型貨車

**la berlina /
el sedán**
f./m. 房車

la limusina
f. 大型豪華轎車

* 拉美用語

encender la luz larga/corta
開遠光燈／近光燈

desacelerar
減速

acelerar
加速

frenar paulatinamente
緩慢地踩剎車

arrancar el coche
發動車子

usar/apagar la luz intermitente
打方向燈／關方向燈

activar los limpiaparabrisas
啟動雨刷

dar marcha atrás
倒車

parar el coche
（行駛途中）
把車停下來

cambiar de carril
變換車道

aparcar en doble fila
（違規）並排停車

aparcar en batería
（依序）並列停車

◆ Capítulo 5
La calle 街道

tener cuidado con los peatones
小心行人

aparcar (dando) marcha atrás
倒車入庫

aparcar en línea
路邊停車

行駛方向

ir/seguir todo recto
直走／繼續直走

girar a la derecha
右轉

girar a la izquierda
左轉

dar la vuelta
迴轉

你知道嗎？

汽車後面的行李廂稱為「maletero」，也就是用來裝行李箱（maleta）的地方；那麼，副駕駛座前面的置物櫃「guantera」，就是用來裝手套（guantes）的囉？雖然現在的駕駛人通常不會在這裡放手套備用，但在汽車發明的早期，開車用的手套確實是不可或缺的。關於以前開車戴手套的原因，據說是為了避免凍傷，因為以前大部分的車沒有車頂，天氣冷的時候，寒風會把手凍僵。時至今日，雖然手套箱已經不是用來放手套，卻仍然是汽車不可或缺的便利收納空間。

••• 03 騎機車、腳踏車 la moto(cicleta), la bici(cleta)

機車有哪些構造呢?

02-5-4.mp3

1. **el salpicadero** m. 儀表板
2. **el retrovisor** m. 後視鏡
3. **el tubo de escape** m. 排氣管
4. **el faro delantero** m. 車頭燈
5. **la pata de cabra/apoyo** f. 腳架
6. **el arranque** m. 啟動器
7. **el pedal de arranque** m. 啟動踏板
8. **el acelerador** m. 油門

9. **el guardabarros delantero** m. 前方擋泥板
10. **el guardabarros trasero** m. 後方擋泥板
11. **el faro trasero** m. 車尾燈
12. **el asiento** m. 座椅
13. **el manillar** m. 把手
14. **el sistema de frenos** m. 煞車系統
15. **el amortiguador** m. 避震器
16. **el filtro de aire** m. 空氣濾清器

腳踏車基本配備及各種構造,西班牙語怎麼說?

- 基本配備

el casco de seguridad
m. 安全帽

las zapatillas de ciclismo
f. 自行車鞋

las gafas de sol (de ciclismo)
f. 太陽眼鏡

♦ Capítulo 5
La calle 街道

la botella de agua
f. 水壺

el candado
m. 大鎖

la bomba
f. 打氣筒

- 各項構造

1. **la rueda delantera** f. 前輪
2. **la rueda trasera** f. 後輪
　㊉ **los radios de la rueda**
　　　f. 車輪的幅條

　㊉ **la llanta de la rueda**
　　　f. 車輪的鋼圈

3. **la cadena** f. 鏈條

4. **la manivela** f. 曲柄
5. **el pedal** m. 踏板
6. **el sillín/asiento** m. 坐墊
　㊉ **la tija de sillín**
　　　f. 座管（坐墊下面可伸縮的管子）
7. **el manillar** m. 把手
8. **el freno** m. 煞車
　el cable de freno m. 煞車線
9. **el reflector** m. 反光板

10. **el cuadro/marco de bicicleta** m. 車架（骨架部分）
11. **el portaequipajes** m. 行李置物架
12. **la pata de cabra/apoyo** f. 腳架
13. **la cesta** f. 籃子

la bicicleta de carretera

f. 公路車

la bicicleta de montaña

f. 登山車

la bicicleta eléctrica

f. 電動自行車

la bicicleta de paseo

f. 休閒車

la bicicleta BMX

f. 越野車（供特製越野賽道或花式特技使用）

la bicicleta plegable

f. 摺疊車

la bicicleta tándem

f. 協力車

el monociclo

m. 單輪車

la bicicleta de balance

f. 滑步車

PARTE III
Viajar a Madrid 到馬德里旅行

Capítulo 1

Los lugares turísticos conocidos 著名觀光景點

這些應該怎麼說？

03-1-1.mp3

馬德里十大必訪景點

❶ Plaza Mayor
f. 主廣場

❷ Plaza de Cibeles
f. 西貝雷斯廣場

❸ Palacio Real
m. 皇宮

❹ Puerta de Alcalá
f. 阿卡拉門

❺ Puerta del Sol
　太陽門

❻ Museo del Prado
　普拉多美術館

❼ Parque del Retiro
　雷提洛公園

❽ Edificio Metrópolis
　大都會大廈

❾ Museo Sorolla
　索洛亞美術館

❿ Plaza de Castilla
　卡斯提亞廣場
㊕ Puerta de Europa
　歐洲門（建築物名稱）

文化小常識：西班牙人會說英語嗎？

出國旅遊時，除了護照、機票、旅費以及個人用品之外，語言能力也是不可或缺的，如果能夠和當地人暢談，就能讓旅行的過程更加豐富精采。在中文無法溝通的地方，我們往往會嘗試使用英語。那麼，在西班牙旅遊時，也能用英語順利溝通嗎？實際上，要在西班牙街頭找到能用英語對話的人，並不是那麼容易，這是因為英語並非學校的必修科目，西班牙國民也沒有非學英語不可的意識。雖然從初等教育的第一年開始，就必須選修外語，但除了英語之外，還有德語、法語及義語可選擇，英語不一定是學生或家長的首選。而且整體而言，利用空閒時間學習外語的風氣也不盛行，外語補習班並不多，和台灣熱衷於外語學習的風氣有很大的落差。

當然，每個人的程度各有不同，西班牙還是有不少英語說得很好的人。相較於英語比較普遍的德國，或是印象中不太喜歡說英語的法國，西班牙人遇到說英語的外國人時，反應應該是介於兩者之間。雖然一般人的英語水平普遍不高，但不影響西班牙人展現熱情好客的天性。不論在街上問路、和店員談話，甚至只是和酒吧鄰座的當地人打招呼，就算不太會說，他們還是很樂意用英語聊上幾句，就好像看到東方人的時候，也會用中文說「你好、謝謝」一樣。不過，他們所說的英語常帶有濃濃的西班牙腔調，就像直接用西班牙語的拼音方式唸英文。例如「superman」被直接用西班牙語的方式發音，r的發音就和英語完全不同；英語字首的子音送氣，但西班牙語不送氣，所以「ten」的 t 會從「ㄊ」變成「ㄅ」；還有 h 在西班牙語裡不發音，所以「yahoo」的發音會變成「yaoo」。諸如此類的發音差異，再加上他們學的是英式英語，也會讓習慣美式發音的我們感到更加陌生。

而如果是馬德里、巴塞隆納等大城市以外的地方，不太會說英語的人就更多了，往往會發生我們用英語詢問，但對方還是用西班牙語回答的情況，或者試圖放慢說西班牙語的速度，希望我們能夠聽懂。這並不是因為他們討厭別人說英語，而是因為他們的英語能力不足，沒辦法用英語溝通。

所以，在西班牙旅遊時，能用基本的西班牙語溝通還是最理想的。而且，餐廳或商店為了外國人而標示英文的情況也不普遍，只能從西班牙文得知其中的意思。如果在出發前往西班牙旅遊前，可以學一些簡單的用字或是句子，相信能夠更貼近當地的人文風情，體驗更多不同的西班牙。

在觀光景點會做什麼呢？

01 參觀景點 visitar los lugares turísticos

03-1-2.mp3

會到的地方有哪些？

1. **los lugares turísticos**
   m. 旅遊景點

2. **la oficina de turismo**
   f. 旅客服務中心

3. **la tienda de recuerdos**
   f. 紀念品店

4. **la taquilla** f. 售票處
   衍 **la ventanilla** f. 售票窗口

5. **el jardín** m. 花園
6. **el mercado** m. 市場
7. **el lugar histórico** m. 古蹟
8. **la zona antigua** f. 舊城區
9. **el centro** m. 市中心區
10. **el museo** m. 博物館、美術館
11. **la iglesia** f. 教堂
12. **la catedral** f. 大教堂

其他補充單字：

1. **la apertura** f. 開館
   el horario/la hora de apertura m./f. 開館時段／時間
2. **el cierre** m. 閉館
   la hora de cierre f. 閉館時間
3. **la salida** f. 出口
4. **la entrada** f. 入口

在地圖上會看到哪些道路和地點呢？

1. **la calle**
   f. 街道，路（最常見的道路稱呼）
2. **la avenida** f. 大道
3. **el cruce** m. 十字路口
4. **la glorieta/rotonda**
   f. 圓環
5. **la plaza** f. 廣場
6. **el puente** m. 橋
7. **la orilla** f. 河岸

其他各式各樣的道路，西班牙語怎麼說？

el callejón
m. 小巷

el paseo
m. 大道，散步道

el callejón sin salida
m. 死巷

el pasillo
m. 走廊，小徑

la autopista
f. 高速公路

la carretera comarcal
f. 省道

la carretera nacional
f. 國家級道路
（不是高速公路）

問路、問地點時會用到的句子

1. **¿Por dónde se va al Parque del Retiro?**
請問到雷提洛公園該往哪邊走？

2. **Disculpe, ¿dónde está la Puerta del Sol?**
不好意思，請問太陽門在哪裡？

3. **¿Hay servicios por aquí cerca?** 這附近有廁所嗎？

4. **¿Dónde está la farmacia más cercana?** 最近的藥局在哪裡？

5. **¿Hay hospital por aquí cerca?** 這附近有醫院嗎？

6. **¿Dónde se puede cargar el teléfono móvil?**
請問哪裡可以讓手機充電？

7. **¿Hay cajero de Banco Santander por aquí cerca?**
這附近有 Santander 銀行的自動提款機嗎？

8. **¿Cuánto tiempo tarda en llegar a la estación de metro más cercana?** 到最近的地鐵站要多少時間？

9. **A: Disculpe. ¿La (calle) siguiente es el Paseo de Zorrilla?** 不好意思！下一條街是索利亞路嗎？
B: Pues, no. Tienes que seguir todo recto por esta calle y luego gira a la derecha. Ahí está el Paseo de Zorrilla.
嗯，不是。你要繼續沿這條路直走，然後再右轉。那裡就是索利亞路。

適合去西班牙觀光的季節

西班牙的氣候分為幾個類型：內陸為
大陸型氣候、南部為地中海型氣候、
西北部為大西洋氣候，而加那利群島
則是半熱半乾氣候。除了比較冷的西
北部以外，西班牙各地的夏季氣溫都
可達到攝氏 30 度，南部甚至曾經出現
超過 45 度的高溫。而到了冬天，雖然
不是每個地區都有下雪的機會，但還

是常有零度以下的溫度。因此，以舒適度而言，最適合到西班牙旅遊的季節，
是氣候宜人的春季和秋季。

但對於要利用寒暑假出遊的學生而言，又該怎麼安排西班牙旅遊呢？雖然巴
塞隆納和馬德里這兩個大城市是一般人的首選，但在盛夏時節，前往比較涼
爽的北部地區也是不錯的選擇。事實上，西班牙北部的沙灘、海岸、鄉村風
光美不勝收，當地的海鮮也相當物美價廉。在夏天，許多當地人會在海灘酒
吧或餐廳一邊用餐、一邊聚會聊天，同時欣賞海天一色的美景。西班牙人很
愛的章魚（el pulpo），就是北部大小餐廳常見的一道美食。店家會用大的
桶子水煮整隻章魚，然後切片盛盤，最後撒上紅椒粉（el pimentón）。顧客
常會三五好友點上一盤水煮章魚，搭配飲料（尤其是啤酒）一起享用。

如果是冬天到西班牙旅遊，建議可以到南部走走。西班牙南部夏天炎熱，雖
然白天日照時間很長（因為時區偏差的關係，夏至日出時間在 6 點半到 7 點
左右，但太陽卻要到 9 點半甚至 10 點才下山），但因為氣溫實在太高，真
正能夠在戶外活動而不受到酷暑包圍的時間，其實沒那麼長。而到了冬天，
西班牙南部不像其他地方那麼寒冷，很適合去看看當地許多著名的世界遺
產，以及旅遊手冊上大推的安達盧西亞白色小鎮（pueblos blancos）。除此
之外，喜歡看舞蹈表演的人，也非常建議預約小酒館的佛朗明哥舞表演，現
場觀賞舞者和吉他伴奏的震撼，絕對值得去體驗一次。

與旅遊相關的事物有哪些？

03-1-3.mp3

el plano de la ciudad
m. 市區地圖

el pasaporte
m. 護照

la tarjeta de embarque
f. 登機證

el billete de tren
m. 火車票

la entrada
f. 入場券，門票

el viaje organizado en grupo
m. 團體套裝旅遊

el viaje independiente
m. 自由行

la propina
f. 小費

el itinerario
m. 旅遊行程路線

el WIFI
m. 無線網路

el descuento
m. 折扣

la gastronomía
f. 美食

1. **sacar una foto** 拍照
2. **hacerse un selfi** 自拍
3. **sacar una foto del paisaje** 拍風景照
4. **sacar una foto de alguien** 幫別人拍照

5. **registrar una visita (en facebook)** （上臉書）打卡
6. **hacer un vídeo en directo** 直播
7. **preguntar por el camino** 問路
8. **perderse** 迷路
9. **buscar (el camino)** 尋找（找路）
10. **dejar propina al camarero / a la camarera** 給服務生小費
11. **prohibido entrar** adj. 禁止進入
12. **prohibido sacar fotos** adj. 禁止拍照

1. **¿Se vende el ticket de bus turístico aquí?**
   這裡有賣觀光巴士的票嗎？
2. **¿Se puede obtener descuento con el carné Joven?**
   使用青年證（購票）有折扣嗎？
3. **Hay una tarifa reducida para los titulares de carné Joven.** 青年證的持有人可享有折扣價。
4. **¿Aquí se vende la entrada de...?** 這裡有賣…的門票嗎？
5. **¿Dónde se puede sacar el plano de la ciudad?**
   哪裡可以索取市區地圖？
6. **¿Hay lugares de interés por aquí cerca?** 這附近有什麼景點嗎？
7. **¿Cuál es el plato típico de aquí?** 這裡的道地美食是哪一道餐點？
8. **¿Aquí hay WIFI gratuito?** 這裡有免費的無線網路嗎？
9. **¿A qué hora se abre el Museo del Prado?**
   普拉多美術館幾點開館？

10. **El Museo del Prado se cierra a las ocho de la tarde.**
普拉多美術館下午八點閉館。

11. **¿Podría sacarnos una foto (a mí y a mis amigos)?**
您可以幫我們（我和我朋友）拍張照片嗎？

12. **¿Está abierto ahora?** 現在有開放／營業嗎？

••• 02 參觀博物館 visitar el museo

03-1-4.mp3

馬德里的博物館、美術館有哪些？

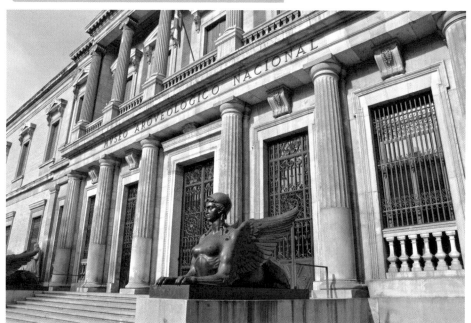

1. **Museo del Prado** m. 普拉多美術館
2. **Museo de Reina Sofía** m. 蘇菲亞皇后美術館
3. **Museo de Thyssen-Bornemisza** m. 提森 - 博內米薩博物館
4. **Museo Arqueológico Nacional** m. 西班牙國家考古博物館
5. **Museo Naval** m. 馬德里海軍博物館
6. **Museo de Sorolla** m. 索洛亞博物館
7. **Museo de Romanticismo** m. 浪漫主義美術館
8. **Museo de Historia de Madrid** m. 馬德里歷史博物館

9. **Museo del Ferrocarril** m. 鐵路博物館
10. **Museo de Cerralbo** m. 賽拉爾伯博物館
11. **Museo de la Real Academia de Bellas Artes de San Fernando** m. 聖費爾南多皇家藝術學院博物館
12. **Museo Casa de la Moneda** m. 貨幣之家博物館
13. **Museo del Traje** m. 服飾博物館

各式各樣的票券及價格類別有哪些？

1. **la entrada de museo**
   f. 博物館、美術館門票

2. **la entrada de ópera** f. 歌劇門票

3. **la entrada gratuita** f. 免費門票

4. **la tarifa reducida** f. 折扣票價

5. **la tarifa de adulto**
   f. 成人票票價、全票票價

6. **la tarifa para niños** f. 兒童票票價

博物館或美術館有什麼？

❶ **la exposición permanente**
f. 常設展

❷ **los cuadros**
m. 畫作

la galería
f. 展覽廳

la taquilla
f. 售票處

la exposición especial
f. 特展

la pintura (al óleo)
f. 畫作（油畫）

la escultura
f. 雕塑

❸ la visita guiada
f. 導覽

❹ el/la guía
m./f. 導覽員

❺ la tienda de recuerdos
f. 紀念品店

❻ los recuerdos
m. 紀念品

la audioguía
f. 語音導覽

1. **¿Cuál es el horario?** （整體的）開放時段是什麼時候？
2. **¿A qué hora se cierra el museo?** 美術館幾點閉館？
3. **¿Cuánto es la tarifa?** 票價是多少呢？
4. **Querría comprar una entrada.** 我想要買一張門票。
5. **Yo tengo el carné de estudiante.** 我有學生證。
6. **¿Hay exposición especial de...?** 有…的特展嗎？
7. **¿Hay visitas guiadas hoy?** 今天有導覽介紹嗎？
8. **¿Todavía quedan plazas para apuntarse a esta visita guiada?** 現在還可以報名參加（有剩餘名額）這場導覽嗎？
9. **Querría comprar unos recuerdos.** 我想買一些紀念品。
10. **¿Podría ayudarme en enviarlos a esta dirección?** 您可以幫我寄這些東西到這個地址嗎？
11. **¿Se puede pagar con tarjeta de crédito aquí?** 這裡可以刷卡付帳嗎？
12. **¿Está abierto ahora?** 現在有開放嗎？

在博物館或美術館會用到的對話

A: **¿Cuántas entradas necesita usted?** 請問您要買幾張票？
B: **Dos entradas para adulto, gracias.** 兩張全票（成人票），謝謝。

A: **¿El Museo del Prado se abre a las ocho?** 普拉多美術館是八點開館嗎？
B: **No, se abre a las diez.** 不是，是十點。

A: **¿El Museo Sorolla está abierto todos los días?** 索洛亞博物館每天開館嗎？
B: **No, está cerrado los lunes.** 不是，每週一休館。

A: **¿Se puede sacar fotos en el museo?** 館內可以拍照嗎？
B: **Está prohibido sacar fotos.** 是禁止拍照的。

你知道嗎？

馬德里著名的美術館：普拉多美術館

到了西班牙，絕對不能錯過的景點，就是各種不同類型的美術館及博物館。而在馬德里，一定要拜訪的就是普拉多美術館（El Museo del Prado）。普拉多美術館的建築物於 18 世紀落成，為新古典主義風格，主建築的側翼向南北兩端延伸。包括地下室在內共有四層樓，除了占大多數的西班牙繪畫以外，也收藏歐洲各國的作品，其中來自義大利和比利時法蘭德斯（Flandes）地區的收藏尤其豐富。普拉多美術館最初的館藏是來自皇室的收藏品，1819 年第一次擴建時，擁有 311 件繪畫作品。後來普拉多美術館接受私人捐贈，也自行收購作品，目前收藏的繪畫、素描、版畫、雕塑品已經達到約 20,000 件。為了展示更多作品，未來也計畫對美術館繼續進行擴建。

收藏品當中，有許多以宗教題材為主的作品。例如著名的神祕主義畫家艾爾・葛雷科（El Greco）作品，就帶有濃厚的宗教議題。艾爾・葛雷科是西班牙文藝復興時期的畫家，早年曾在隱修學院學習繪畫，也曾學過拜占庭神學，因此，艾爾・葛雷科的畫作充分體現了他虔誠的宗教信仰。畫中人物的樣貌辨識度很高，多為瘦長型的外表，作品的色調也大多偏向灰、黑色的神祕風格。這些特點都反映畫家本身偏好獨處、冥想及極具神祕色彩的個人特色。

普拉多美術館也是擁有最多哥雅（Francisco José de Goya y Lucientes）作品的美術館，其中包括一百多幅繪畫，館內也有專為哥雅設置的展區。哥雅出生於西班牙北部的薩拉戈薩（Zaragoza），家境貧寒，但在哥雅 14 歲那年，有一位教士發現他繪畫的天分，建議他的父親支持他發展繪畫長

才，哥雅才因此開始學畫之路。哥雅受到畫家維拉斯奎茲（Velázquez）及林布蘭（Rembrandt Harmenszoon van Rijn）畫風的影響，之後發展出自己的繪畫風格。他的眾多作品當中，最受爭議的就是名為《裸體馬哈》（*La maja desnuda*）的畫作。畫中的女子斜躺在躺椅上，微笑看著前方，雙手擺在頭部後面，姿勢優雅且頗具魅力。但當時的西班牙民風保守，禁止在畫作中出現裸體，因此哥雅的這幅畫引起很大的爭議。雖然哥雅拒絕修改這幅畫，但他畫了另一幅一模一樣的畫作，並且為畫中的女主角加上一件衣服，名為《穿衣馬哈》（*La maja vestida*）。

···03 飯店入住與退房 check-in y check-out

03-1-5.mp3

入住與退房需要知道的單字

1. **el vestíbulo** f. 大廳
2. **el mostrador** m. 櫃台
3. **el carro maletero** m. 行李推車
4. **el/la botones** m./f. 行李員
5. **el/la recepcionista** m./f. 櫃檯接待員
6. **la habitación** f. 房間

各類房型

la habitación individual f. 單人房

la habitación doble con una cama matrimonial f. 雙人房（一大床）

la habitación doble con dos camas individuales f. 雙人房（兩張單人床）

la suite f. 套房

入住前後會做的事

reservar una habitación
預訂房間

hacer el check-in / el registro
到櫃檯報到

hacer el check-out / la salida
退房

dejar equipajes/ maletas en consigna
寄放行李

desayunar
吃早餐

pedir el servicio a cuarto
要求客房服務

cambiar de habitación
換房間

usar la cocina
使用廚房

usar la lavadora
使用洗衣機

la tarifa de habitación f. 房間價格
la fianza f. 訂金

la hora de entrada f. 入房時間
la hora de salida f. 退房時間

cerca del transporte público 鄰近大眾運輸

desayuno incluido 含早餐
desayuno no incluido 不含早餐

aire acondicionado m. 冷氣
calefacción f. 暖氣

wifi gratis m. 免費無線網路

飯店有哪些服務和設施呢？

1. **maleta a cuarto**
搬運行李至客房的服務

2. **el parking / el aparcamiento** m. 停車場

3. **el servicio de despertador** m. 叫醒服務

4. **el servicio a cuarto** m. 客房服務

5. **la lavandería** f. 洗衣間，洗衣服務

6. **el número de habitación** m. 房間號碼

7. **la tarjeta llave** f. 房卡

8. **la clave de WIFI** f. 無線網路密碼

9. **el minibar** m. 付費飲料及零食的冰箱

10. **la bañera** f. 浴缸

11. **la toalla** f. 毛巾

12. **la toalla de baño** f. 浴巾

13. **los artículos de tocador** m. 盥洗用品

14. **la televisión** f. 電視

15. **el teléfono** m. 電話

16. **la caja fuerte** f. 保險箱

17. **la piscina cubierta** f. 室內泳池

18. **el gimnasio** m. 健身房

19. **el restaurante** m. 餐廳

Capítulo 2

Excursión de un día 一日小旅行

03-2-1.mp3

這些應該怎麼說？

馬德里還有哪些旅遊景點和名店？

❶ El oso y el Madroño
m. 熊與莓果樹

❷ Km. 0
m. 西班牙公路網的起點里程碑

❸ Palacio de Cristal del Retiro
m. 雷提洛公園的水晶宮

❹ Banco de España
m. 西班牙銀行

❺ Estación de Atocha
f. 阿多恰車站

❻ Mercado de San Miguel
m. 聖米格爾市場

❼ Catedral de la Almudena
f. 阿穆德娜聖母主教堂

❽ Campo del Moro
m. 摩爾花園

❾ Templo de Debod
m. 德波神殿

❿ Museo del Jamón
m. 火腿博物館（火腿店）

⑪ Calle de Preciados
f. 普雷西亞多斯街（連接太陽門和 Callao 的人行購物街，街上有著名的咖啡用品店 Cafés la Mexicana）

⑫ Monasterio de El Escorial
m. 埃斯科里亞爾修道院（位於馬德里市西北方山區，被認為可列入世界第八大奇觀）

在當地特色景點會做什麼呢？

▶▶▶ ▶ ▶ ▶ ▶▶

03-2-2.mp3

拜訪當地商店與景點
01 visitar las tiendas y los lugares turísticos

展開一日小旅行時，在路上可能會遇到什麼樣的人事物？

la cafetería
f. 咖啡廳

la churrería
f. 吉拿棒專賣店

la panadería
f. 麵包店

la zapatería
f. 鞋店

la pastelería
f. 麵包蛋糕點心店

el bar de tapas
m. 提供下酒菜的酒吧

el turronero
m. 賣杜隆牛軋糖
（el turrón）的店
la chocolatería
f. 巧克力專賣店

**la tienda de
alimentación**
f. 食品雜貨店

**la tienda de
recuerdos**
f. 紀念品店

**la librería de
segunda mano**
f. 二手書店

el quiosco
m. 雜誌書報攤

el mercadillo
m. 市集

los puestos
m. 攤位

el mercado
m. 市場

la estatua
f. 雕像

el pintor callejero
m. 街頭畫家

el/la artista callejero/a
m./f. 街頭藝人

los espectáculos callejeros
m. 街頭表演

◆ **Tips** ◆

馬德里的跳蚤市場「El Rastro」及聖米格爾市場（El Mercado de San Miguel）

馬德里最具代表性的跳蚤市場，就是位在 Embajadores 區的 El Rastro，每個週日及節日的上午 9 點至下午 3 點營業。街道上可以看到各式各樣的二手商品（los objetos de segunda mano），也有販賣新品的攤位。依據 2000 年的統計，El Rastro 有超過 3500 個攤位進駐。一般街上的市集或跳蚤市場都稱為 mercadillo，但馬德里的這個地方特別稱為「rastro」，

▲ El Rastro 的其中一部分區域

據說是因為附近曾經有殺牛的屠宰場，而在運輸的路上留下血的「痕跡」（rastro）。

▲ San Miguel 市場內部

這個跳蚤市場歷史悠久，和歐洲其他著名的市場並列歐洲最具代表性的市場之一。跳蚤市場裡的物品應有盡有，從書籍、各式皮件、衣服到鍋碗瓢盆等等，想要什麼稀奇古怪的，或是日常生活用品，都可以到這個跳蚤市場來挖寶。因為市場的人潮眾多，在盡情享受逛街購物時，也要注意扒手出沒。

另外一個很值得推薦的地點，就是聖米格爾市場（El Mercado de San Miguel）。位於聖米格爾廣場（La Plaza de San Miguel）的的同名市場，並非只是當地人日常生活採購的地方，也是許多觀光客必訪的景點。有別於一般對於市場的印象，聖米格爾市場的動線寬敞、乾淨，而且有各式各樣的生鮮食材，以及熟食、小酒吧等等的攤位。這個市場所提供的熟食，從西班牙人最常吃的潛艇堡（el bocadillo）、下酒菜（las tapas）、炸花枝圈（los calamares fritos）到可樂餅（la croqueta），或是各式甜點（los dulces）、麵包及冰品（奶昔〔el batido〕、冰淇淋〔el helado〕等等），都讓進到這個市場的當地人及觀光客滿載而歸。如果有機會到馬德里，非常推薦到聖米格爾市場來逛逛。

你知道嗎？ ▷◁◀▶▶▶▷▶▷▶▶▶▶▶

旅途中該怎麼享受西班牙火腿的美味呢？

西班牙常用的基本食材很簡單，除了馬鈴薯（la patata）、西班牙臘腸（el chorizo）、起司（el queso）、豆類（las legumbres）以外，不能不提的就是火腿（el jamón）了。西班牙的伊比利豬火腿（jamón ibérico）世界聞名，除了可以單獨品嘗它的美味質地及味道，也可以搭配酒類一起享用。如果有機會到訪馬德里，想要嚐嚐這西班牙獨有的美味，一定不能錯過連鎖火腿專賣店「Museo del Jamón」。顧名思義，這家「火腿博物館」提供品項豐富的火腿，可以單買各種等級不同的火

腿，也可以選擇火腿搭配不同食材的潛艇堡（bocadillos）。火腿博物館提供適合輕食的吧台（barra）用餐區，也附設可以享用完整套餐的餐廳。如果單點火腿，就和一般餐廳一樣，會自動附上一籃麵包。麵包是要額外付費的，約 0.5 歐元，如果不想要麵包的話，可以在點餐的時候先說明。

西班牙火腿大致分為伊比利火腿（jamón ibérico）和白豬火腿（jamón serrano）兩種。伊比利火腿採用黑蹄（pata negra）伊比利豬製成，等級比白豬高，製作過程也比較長。在西班牙大部分吃到比較平價的火腿，其實都是白豬火腿。但無論是哪一種，都各有愛好者。下回有機會到訪西班牙，不妨試試各種不同等級的火腿，認識一下世界三大火腿之一的西班牙火腿。

◆◆◆ 02 喝咖啡 tomar un café

03-2-3.mp3

咖啡廳或酒吧有哪些人事物？

1. **la sombrilla** f.（大型的）遮陽傘
2. **la terraza** f. 露台（露天座位區）
3. **la barra** f. 吧台
4. **el letrero** m. 招牌
5. **el menú** n. 菜單
6. **el cliente / la clienta** m./f. 顧客
7. **el camarero / la camarera** m./f. 服務生
8. **el café** m. 咖啡
9. **la infusión** f. 花草茶
10. **el batido** m. 奶昔
11. **el granizado** m. 雪花冰沙
12. **el helado** m. 冰淇淋

西班牙人去喝咖啡或喝下午茶時會做什麼？

tomar café
喝咖啡

tomar té
喝茶

merendar
吃下午茶

pedir
點…（餐點）

desayunar
吃早餐

charlar
聊天

cotillear
聊八卦

pasar un rato / matar el tiempo
消磨時間

navegar por Internet
上網

trabajar
工作

estar pensativo/a
若有所思

hablar de trabajo
談論工作

escribir
寫…

leer
閱讀…

tener una cita
約會

quejarse de
抱怨…

el restaurante

m. 餐廳

la taberna

f. 餐酒館

el salón de té

m. 下午茶店

你知道嗎？ ◀▶▶▶▶▶▶▶▶▶▶▶▶▶◀▶

西班牙料理中著名的「tapas」是什麼？

西班牙人的生活當中，和朋友的聚會是不可或缺的一部分。西班牙人喜歡在下班後，先和朋友同事去酒吧吃吃喝喝，然後再回家吃晚餐。在夜晚的酒吧裡，tapas（下酒菜、餐前菜）是不可或缺的主角，這是指喝酒時搭配著吃的下酒菜，大多是容易一口吃下的食物。在小小的份量中，經常可見到廚師的巧思，也是西班牙美食文化最具代表性的其中一項。而所謂 ir de tapas 就是去酒吧喝酒、吃點小菜的意思。當西班牙人和朋友 ir de tapas 時，往往不會只去一家店，而會去幾個不同的地方，嚐嚐不同種類的餐點。

◆ Tips ◆

慣用語小常識：付款篇

和朋友一起相約外出吃飯，到了付帳的時候，就一定會遇到決定由誰付款買單的時候。和西班牙朋友出門吃飯，我們應該各付各的？全部買單？還是大方接受對方請客呢？下面就介紹這些付帳的方式該怎麼說。

第一種情況是由某人包辦當次的帳款，西班牙語的說法是「pagar la ronda」。ronda 這個字與英文的 round 意思相近，表示「一輪」的意思。用在付款的情況時，指的就是當次的全部帳款。這種付款的方式常出現在同一天去幾個不同地方的時候，第一家店由某個人付款，第二家店換另一個人買單，依此類推。另外一種 pagar la ronda 的方式是從朋友當中指定一個人當財務祕書（nombrar un tesorero），每個人交出同樣金額的錢（例如每人 5 歐元）給這位「tesorero」，結帳時就由他來統一支付。

第二種情況是，在每人選擇各自餐點（而不是和別人共享一盤菜）的餐廳時，可能會想各付各的（cada uno pagar lo suyo），這時候就會用 pagar a escote 來表達，和英文的「go Dutch」是一樣的意思。escote 這個字的意思是洋裝之類比較低胸的領口，但在這裡完全是不一樣的意思，據說和古法語的 escot「獻出金錢」有關。

Habéis pagado la ronda anterior, ahora os invito yo.
上一輪是你們買單，現在換我請你們。
Anoche David y yo salimos a cenar juntos, y al final, pagamos a escote.
昨天晚上我和大衛一起出去吃晚餐，最後我們各付各的（帳款）。

實用句子

1. A: **¿Qué le pongo?** 您要點些什麼？（字面意思是「我放什麼給您？」）
   B: **Un café con leche, por favor.** 麻煩（給我）一杯拿鐵咖啡。
   Un café con hielo, por favor. 麻煩（給我）一杯冰咖啡。

2. A: **Querría un café descafeinado.** 我想要一杯無咖啡因咖啡。
   B: **¿De sobre o de máquina?** 要即溶咖啡還是機器（泡）的？
   A: **De máquina, gracias.** 機器（泡）的，謝謝。

3. A: **Una tostada y un café, por favor.** 麻煩（給我）一份烤土司及黑咖啡。
   B: **¿Caliente o con hielo?** 熱（咖啡）還是冰（咖啡）？
   A: **Con hielo, por favor.** 冰咖啡，麻煩了。

4. A: **¿Algo más?** 還要加點什麼嗎？
   B: **Nada más, gracias.** 不用了，謝謝。

5. A: **¿Para llevar o para comer aquí?** 要外帶還是內用？
   B: **Para llevar, gracias.** 外帶，謝謝。

PARTE IV
La institución educativa 教育機構

Capítulo 1

La universidad 大學

04-1-1.mp3

這些應該怎麼說？

校園配置

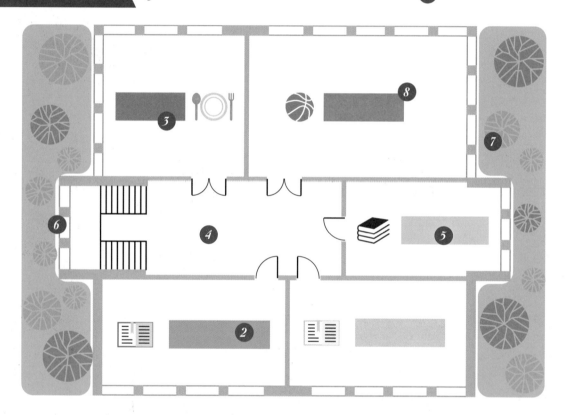

❶ el plano de campus
   m. 校園平面圖

❷ el aula* f. 教室

❸ el comedor universitario
   m. 大學餐廳

❹ el pasillo m. 走廊

❺ la biblioteca f. 圖書館

❻ el portal m.（建築物的）正門

❼ el césped m. 草坪

❽ el gimnasio m. 體育館

* 因字首為 a 而且是重音所在位置，所以必須改用冠詞 el

你知道嗎？

大學有哪些辦公室（las oficinas）呢？

1. **la oficina del director**
f. 系主任辦公室

2. **la oficina de asuntos estudiantiles** f. 學務處

3. **la oficina de asuntos académicos** f. 教務處

4. **la oficina de asuntos generales** f. 總務處

5. **la oficina de recursos humanos** f. 人事室
6. **la oficina de contabilidad** f. 會計室
7. **la secretaría** f. 系祕書辦公室（系辦）

大學裡有哪些常見的教職員呢？

1. **el director / la directora** m./f. 系主任

2. **el catedrático / la catedrática** m./f. 教授

3. **el profesor titular / la profesora titular**
m./f. 副教授（在西班牙，意思是通過 oposición〔公考〕，而能獲得大學永久教職的老師）

4. **el profesor ayudante doctor / la profesora ayudante doctora** m./f. 助理教授（「助教」則是只稱為 ayudante，沒有 doctor(a) 頭銜）

5. **el profesor asociado / la profesora asociada** m./f. 兼任教授
（在台灣，有些大學會將副教授翻譯成 profesor asociado，是受到英文的影響，但西班牙 profesor asociado 的地位沒有美國的 associate professor 來得高）

155

6. **el lector / la lectora** m./f. 外語教授
7. **el tutor / la tutora** m./f. 指導教授
8. **el personal de administración y servicio** m. 行政人員（總稱）

大學裡各年級的學生，西班牙語怎麼說？

1. **el universitario / la universitaria** m./f. 大學生
2. **el/la estudiante de Máster** m./f. 碩士生
3. **el/la estudiante de doctorado** m./f. 博士生
4. **el/la estudiante de primer curso/año** m./f. 大一生
5. **el/la estudiante de segundo curso/año** m./f. 大二生
6. **el/la estudiante de tercer curso/año** m./f. 大三生
7. **el/la estudiante de último curso/año** m./f. 大四生
8. **el/la estudiante extranjero/a** m./f. 外籍生
9. **el/la estudiante de intercambio** m./f. 交換生
10. **el becario / la becaria** m./f. 拿獎學金的學生
11. **el repetidor / la repetidora** m./f. 重修生

大學有什麼迎新活動？

在西班牙的大學裡，有一個迎接新生的惡搞活動稱為 las novatadas。舊生（los veteranos）會用各種方式來整新生們（los novatos），作為新生融入所屬科系或團體的認證。惡整的方式包括讓男生穿上女裝，或是在新生身上灑麵粉等等的惡搞活動。近年來，因為這種整人的活動造成許多問題事件，所以迎新活動開始採用相對溫和、溫馨的方式，惡整的活動則逐漸減少。

在大學會做什麼呢？

▶▶▶▶▶ ▶ ▶ ▶ ▶ ▶ ▶ ▶ ▶

···01 在課堂上 en clase

04-1-2.mp3

> 上課時會做些什麼呢？

1. **tomar nota** 寫筆記
2. **discutir** 討論
3. **pasar papelitos en clase**
   在上課中傳紙條
4. **repartir (apuntes/
   materiales, exámenes)**
   發（講義、考卷）（apuntes 可以指老師發的講義或學生自己做的筆記，
   materiales 則可以泛指課堂上使用的任何材料）
5. **hacer una presentación oral** 做口頭報告
6. **hacer la carrera de ...** 修…作為主修
7. **estudiar ... como asignatura secundaria** 修…作為輔系
8. **entregar el trabajo** 交報告
9. **rellenar (el formulario, la solicitud)** 填寫（表格、申請表）
10. **responder/contestar la pregunta** 回答問題
11. **aprobar el examen** 通過考試
12. **adivinar la respuesta** 猜答案
13. **recoger el examen** 收考卷
14. **revisar las respuestas** 檢查答案
15. **quedarse dormido(a)** 打瞌睡
16. **mirar furtivamente a ...** 偷看～
17. **resolver la pregunta** 解答題目
18. **hacerse una chuleta / copiar en un examen** 考試作弊
19. **suspender* el examen** 考試不及格
    （＊西班牙用語，拉美為 reprobar）
20. **recuperar la clase** 補課

la goma (de borrar)
f. 橡皮擦

el pegamento
m. 膠水、白膠等

la barra de pegamento
f. 口紅膠

el post-it
m. 便利貼

la regla
f. 尺

el transportador
m. 量角器

el compás
m. 圓規

el cúter
m. 美工刀

la carpeta
f. 資料夾

la carpeta de anillos
m. 活頁夾

las hojas sueltas
f. 活頁紙

el cuaderno
m. 筆記本

la calculadora
f. 計算機

el estuche
m. 筆袋

la grapadora
f. 釘書機

las grapas
f. 釘書針

筆的種類有哪些？西班牙語怎麼說？

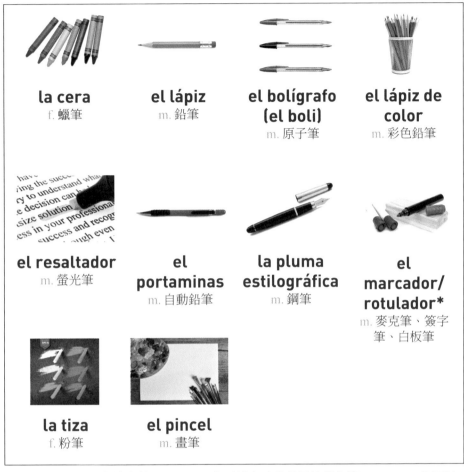

la cera
f. 蠟筆

el lápiz
m. 鉛筆

el bolígrafo (el boli)
m. 原子筆

el lápiz de color
m. 彩色鉛筆

el resaltador
m. 螢光筆

el portaminas
m. 自動鉛筆

la pluma estilográfica
m. 鋼筆

el marcador/ rotulador*
m. 麥克筆、簽字筆、白板筆

la tiza
f. 粉筆

el pincel
m. 畫筆

＊除了兩者共通的意義之外，rotulador 也可以表示畫畫用的彩色筆；marcador 也可以表示螢光筆。

在影印店時，會有哪些常聽到的字彙呢？

在大學的校園裡，除了餐廳及咖啡廳以外，還有一個對學生們來說不可或缺的店家，那就是影印店。一般來說，教室大樓會在特定樓層或每個樓層設置一台影印機（la fotocopiadora），讓學生們購買影印卡自行影印。如果是像 Valladolid 大學之類的大學城，因為每個學院分別設置在不同的

地區，所以各學院會有一個影印室讓學生影印。在學院授課的老師也會把上課的講義留在影印室，影印室的外面會依序標號並寫上課程的名稱，學生們只要向店員告知要複印的講義號碼及份數，就可以請店員幫忙複印。在校外，也可以在專門的影印店（la tienda de fotocopias / la copistería）或者有影印機的文具店（la papelería）影印。

在影印時，常會聽到店員提出以下這些問題：¿Dos caras?（雙面列印嗎？）、¿Una copia?（影印一份嗎？）、¿Encuadernado?（裝訂成冊嗎？）。和台灣常用的膠裝方式不同，西班牙比較常以線圈裝訂的方式，將印出來的資料裝訂成冊。現在許多影印店也提供列印服務，可以從 USB 隨身碟進行列印（imprimir desde una memoria USB）。USB 隨身碟也常稱為 el pincho (USB)、el pendrive（雖然來自英語，但會用西班牙語的方式發音成「pen-dri-ve」），或簡稱 el USB（發音是 u-ese-be）。在西班牙列印或影印時，通常都是由店員來操作，很少會讓顧客自己列印。下回需要在西班牙影印或列印時，就可以利用這些簡單又實用的詞彙，輕鬆跟店員溝通。

和學校有關的慣用語

saltarse la clase 蹺課

在學生時期，許多人的共同回憶裡面，
除了一起迎新宿營、一起讀書準備考試
以外，也會有一些犯規被罰、考試不及
格被當的往事。而中文所說的「蹺課」，
在西班牙語中稱為「saltarse la clase」，
有代動詞 saltarse 字面上是「跳過」，所
以表示略過一堂課不去上的意思。

Antonio y José se saltaron la clase ayer. 安東尼和荷西昨天蹺課。

hacerse una chuleta 作弊

為了考試過關，準備不夠的同學可能會
hacerse una chuleta，也就是「作弊」。
字面上是「給自己做一塊排骨」，但實
際上是「做小抄→作弊」的意思。至於
這個字為什麼可以指小抄，並沒有一
個很確定的答案，其中一種說法是：
chuleta 有一個現今比較少用的意義，是
指工匠用來「填補縫隙的東西」，而小
抄同樣可以看成「填補知識縫隙」的東西。

Pablo se hizo la chuleta para aprobar el examen de gramática.
為了文法考試過關，巴布羅在考試時作弊。

常用句子

1. **Pasamos la lista ahora.** 現在我們來點名。
2. **Coged el libro de texto.** 你們把課本拿出來。
3. **Repasamos la lección anterior.** 我們來複習上一課。
4. **A la página 32.** （請翻到）32 頁。
5. **Repetid conmigo.** 請你們跟我複誦。
6. **¿Cómo? ¿Podrías repetir?** 什麼？你可以再說一次嗎？

7. **No te oigo muy bien.** 我聽不太清楚你（說的話）。
8. **No te entiendo.** 我不懂你（說的話）。
9. **Tengo una pregunta / una duda.** 我有一個問題／疑問。
10. **¿Cómo se dice ... en español?** ⋯用西班牙語怎麼說？

◆ Tips ◆

生活小常識：大學學制

西班牙的大學分為公立大學與私立大學（含教會大學）兩大類，在 2021 年，全西班牙有 50 所公立大學及 37 所私立大學。

西班牙大學所授予的學歷可分為官方學歷以及校級學歷兩種。簡單來說，官方學歷就是在教育、文化及體育部登記在冊，適用於全西班牙及歐洲高等教育體制下的大學，學生們可以以此學歷，在西班牙境內及其他歐洲國家得到同等認證的學歷。

西班牙於 2013 年大學改制（屬於統一歐洲教育體系的 plan Bolonia 的一部分）之後，大學到博士分為三個階段：第一個階段（primer ciclo）為 4 年制，修完 240 個 ECTS（歐洲學分互認體系）的學分，可取得學士（Grado）學位。第二階段（segundo ciclo）為 1-2 年制，修完 60 或 120 個 ECTS 學分，可取得 Máster（碩士）學位。碩士學位分為 Máster oficial（官方碩士）及 Máster propio（校級碩士）兩大類。前者由教育部頒發官方文憑（título oficial），後者則由學校授與自頒文憑（título propio）。如果要繼續攻讀博士班，通常必須取得官方文憑才能就讀。第三階段（tercer ciclo）為博士學位階段，其中原本分為 docencia（修課階段）→ trabajo de investigación（小論文階段）→ tesis doctoral（博士論文階段）這三個階段，但在採行 Bolonia 程序加以改制之後，一開始的 docencia 階段已經廢除了。小論文階段審核通過後，即可取得博士候選人（candidato/a）資格，開始進行博士論文的撰寫。

··· 02 申請入學 solicitar la admisión

04-1-3.mp3

外國人要申請西班牙大學，需要哪些文件？

- 申請學校該準備的文件

1. **el diploma de español (DELE)** m. 西班牙語檢定證明
2. **el certificado del título académico** m. 學歷證明
3. **el certificado de las notas de los cursos** m. 成績證明
4. **la carta de recomendación** f. 推薦信
5. **el visado** m. 簽證
6. **la carta de motivación** f. 動機信
7. **el formulario de inscripción** m. 註冊申請表

- 學校錄取後，需要申請或準備的文件有哪些？

1. **la tarjeta de residencia** f. 居留證
2. **el certificado de alojamiento** m. 住宿證明
3. **el certificado de titularidad bancaria** m. 銀行帳戶持有證明
4. **el certificado de nacimiento** m. 出生證明
5. **el certificado de preinscripción** m. 預申請註冊證明
6. **el certificado de seguro médico** m. 醫療保險證明

生活小常識：申請西班牙的大學

台灣學生如何申請西班牙公立大學的碩士及博士課程呢？台灣有四所大學（輔仁、淡江、靜宜、文藻）設有西班牙語文學系，許多畢業生會選擇到西班牙繼續攻讀碩士或博士學位。那麼要如何準備呢？首先，必須先了解每個大學預先註冊（preinscripción）的時間，在繳交文件進行正式註冊之前，先到學校的網頁進行登記。因為可以一次申請許多學校及科系，所以建議在希望就學的地區選定幾間喜歡的大學，完成預先註冊後再做評估。如果想要學會比較正統的西班牙發音，那麼中部地區的大學應該是比較理想的。

對於申請入學的外國人，各科系要求的西班牙語能力水平都有所不同，所以應該事先調查，並取得適當等級的 DELE 證書。而提交申請文件時，必須先將所有文件（包括畢業證書、成績單、身分證明文件等等）翻譯成西班牙文，經過公證人（notario）公證，並由西班牙駐台商務辦事處審核，確認無誤後再交到西班牙外交部，進行學位的同等認證程序（homologación），最後才能到學校繳交文件，完成報名註冊的手續。

在學期間有哪些重要的事項？

1. **el crédito** m. 學分
2. **la matrícula** f. 註冊費
3. **la carrera** f. 主修
4. **el estudio secundario** m. 輔修
5. **el programa** m. 課表（學校提供的課程列表，也可以指一堂課的課程大綱）
6. **las asignaturas obligatorias** f. 必修科目
7. **las asignaturas optativas** f. 選修科目
8. **el examen parcial** m. 期中考
9. **el examen final** m. 期末考
10. **las prácticas** f. 實習
11. **la interrupción de los estudios** f. 休學
12. **la repetición de curso** f. 重修
13. **pasar la lista** 點名
14. **el examen de admisión** m. 入學考

> 畢業前及畢業時會有什麼？

1. **el trabajo de investigación** m.（博士學程第一階段的）小論文
2. **la propuesta** f.（碩士論文的）論文提案
3. **la tesina** f. 碩士論文
4. **la tesis (doctoral)** f. 博士論文
5. **la toga** f. 學士服
6. **el birrete** m. 四方帽
7. **la ceremonia de graduación** f. 畢業典禮
8. **el diploma** m. 文憑
9. **la exposición de los graduados** f. 畢業展

04-1-4.mp3

◆◆◆ 03 學校餐廳 el comedor universitario

學校餐廳的西班牙文怎麼說？

• 學生餐廳 el comedor universitario

西班牙有許多公立大學並不是將所有學院都包含在一個完整的校區中，而是散落在城市中的不同地點，形成所謂大學城的形態。除了各學院及行政相關處室分散各地以外，每個學院還會有各自的圖書館、學生餐廳以及咖啡廳。學院餐廳提供的菜色雖然各有特色，但通常都是物美價廉。餐廳每天提供的今日特餐（el menú del día）單次價格大約 5-6 歐元不等，如果多人一起用餐，或是用餐的次數比較多，也可以購買 10 次或 20 次的餐券（el bono），價格更加優惠。學生餐廳的餐點以半自助的方式點餐，只需要拿著餐盤（la bandeja），然後排隊從提供的前菜、主食及甜點（或水果）中各選擇一種，服務人員就會把餐點盛裝好。學生餐廳通常一週七天都營業，並提供午餐和晚餐。有些學生餐廳對外開放，所以也有許多校外人士會在午餐時間到學生餐廳用餐。

- 咖啡廳 la cafetería

西班牙人習慣在早上或有空檔的時間
喝咖啡休息一下，所以咖啡廳是學生
及老師們課間放鬆、聚集的好地點。
咖啡廳通常會有一個長型的吧檯，除
了飲品之外，也會提供早餐組合和一
些簡單的輕食，有些咖啡廳也會在中
午及晚餐時段提供餐點。學校的咖啡
廳價格很實惠，一杯牛奶咖啡（el café

con leche）大約 0.65 歐元到 1 歐元左右。早餐組合也只要 1.5-2 歐元左右，
可以享用一杯熱飲、一份烤吐司（或是麵包類）再加上一小杯果汁。

學校咖啡廳會提供的餐點

- 輕食類 las comidas ligeras

el bocadillo
m. 小潛艇堡

el sándwich
m. 三明治

la bollería
f. 麵包類

la tortilla de patatas
f. 馬鈴薯烘蛋

la tostada
f. 烤吐司

el dónut
m. 甜甜圈

- 飲料 las bebidas

el agua* mineral
f. 礦泉水

el refresco
m. 汽水

la leche
f. 牛奶

el té
m. 茶

el zumo
m. 果汁

el agua* con gas
f. 氣泡水

el yogur
m. 優格

el chocolate
caliente
m. 熱巧克力

el café
m. 咖啡

* 因字首為 a 而且是重音所在位置，所以必須改用冠詞 el

Capítulo 2

La escuela primaria, la escuela secundaria, el bachillerato 小學、初中、高中

這些應該怎麼說？

04-2-1.mp3

教室走廊

❶ **el pasillo** m. 走廊

❷ **el reloj** m. 時鐘

❸ **la taquilla** f. 置物櫃

❹ **el altavoz** m. 擴音器

❺ **la ventilación** f. 通風口

❻ **la señal de salida de emergencia** f. 緊急出口指示

❼ **la campana** f. 鐘聲

教室內配置

1 **la pizarra blanca** f. 白板
補充：**la pizarra** f. 黑板

2 **la mesa de profesor** f. 導師桌

3 **la mesa** f. 桌子

4 **la silla** f. 椅子

5 **el imán** m. 磁鐵

6 **el borrador** m. 板擦

7 **el rotulador** m. 白板筆

8 **el tablón de anuncios** m. 公佈欄

9 **el horario de clase** m. 課表

10 **el proyector** m. 投影機

11 **la decoración** f. 裝飾

- 學校裡有哪些特別的教室（las aulas*）呢？

1. **el laboratorio de idiomas**
   m. 語言教室
2. **el aula audiovisual** f. 視聽教室
3. **el aula de música** f. 音樂教室
4. **el aula de informática**
   f. 資訊科技（電腦）教室
5. **el aula de arte** f. 美術教室
6. **el laboratorio** m. 實驗室

* 雖然 aula 因為字首是重音所在的「a」音，在單數時必須將冠詞改為 el，但複數時仍然用 las

- 學校設施

1. **las aulas** f. 教室
2. **el servicio** m. 廁所
3. **el salón de actos** m. 禮堂
4. **la enfermería** f. 保健室
5. **el comedor** m. 學校餐廳
6. **el gimnasio** m. 體育館
7. **el patio** m. 操場

◆ **Tips** ◆

文化小常識：colegio 與 colegio mayor

每年到了 9 月開學季的時候，都會看到許多書局或販賣學生用品的店家貼出大大的「volver al cole」標語，預告著「開學日快到了，該回學校了！」。西班牙文當中的「colegio」是指小學到中學（包含初中、高中）階段的學校，而「cole」是「colegio」的簡稱，就像「universidad」（大學）簡稱為「uni」一樣。

另外，還有一種叫 colegio mayor 的地方，但意思並不是字面上的「比較大的／年長的學校」，而是指一種大學宿舍，這種宿舍有較多團體活動供住宿生共同參與。雖然這種設施在歷史上曾經像學校一樣有教育功能，但現在只剩下名稱還保留著原本「學校」的稱呼。colegio mayor femenino 是限定女生住宿的宿舍，colegio mayor masculino 則是男生宿舍。

- 初中、高中 la escuela secundaria y el bachillerato

1. **el director / la directora**
   m./f. 校長

2. **el tutor / la tutora**
   m./f. 班級導師

3. **el profesor sustituto / la profesora sustituta**
   m./f. 代課老師

4. **el profesor / la profesora** m./f. 老師
   衍 **el profesor / la profesora de español** 西班牙語老師
   ... de inglés 英文老師
   ... de matemática 數學老師
   ... de biología 生物老師
   ... de física 物理老師
   ... de química 化學老師
   ... de historia 歷史老師
   ... de geografía 地理老師
   ... de arte 美術老師
   ... de música 音樂老師
   ... de educación física 體育老師

- 幼兒園、托兒所 la escuela infantil y la guardería、小學 la escuela primaria

1. **el director / la directora**
   m./f. 校長、園長

2. **el tutor / la tutora** m./f. 班級導師

3. **el maestro / la maestra**
   m./f. 小學老師、幼稚園老師

- 幼兒教育 la educación infantil (del nacimiento a los 6 años)（從出生到六歲）

1. **la escuela infantil** f. 幼兒園
  - el primer ciclo (0-3 años)
  第一階段（0-3 歲）

  - el segundo ciclo (3-6 años)
  第二階段（3-6 歲）

2. **la guardería** f. 托兒所（相當於幼兒教育的第一階段）

- 初等教育 la educación primaria (6 -12 años)（6-12 歲）
la escuela primaria 小學

1. **el ciclo inicial** 初階
  - el primer curso 一年級
  - el segundo curso 二年級
2. **el ciclo medio** 中階
  - el tercer curso 三年級
  - el cuarto curso 四年級

3. **el ciclo superior** 高階
  - el quinto curso 五年級
  - el sexto curso 六年級

- 中等義務教育 la educación secundaria obligatoria (ESO) (12-16 años)（12-16 歲）
la escuela secundaria 初中

1. **el primer ciclo (12-15 años)** 第一階段（12-15 歲）
  - el primer curso 一年級
  - el segundo curso 二年級
  - el tercer curso 三年級

2. **el segundo ciclo (15-16 años)** 第二階段（15-16 歲）
  - el cuarto curso 四年級

- 高中 el bachillerato (16-18 años)（16-18 歲）

1. **el primer curso** 一年級 　　*2.* **el segundo curso** 二年級

◆ Tips ◆

生活小常識：保母篇

西班牙的幼兒教育分為 0-3 歲和 3-6 歲兩個階段。其中，3-6 歲的階段由政府補助，公立幼兒園免付學費，為父母減少了一些經濟負擔。但 0-3 歲的階段則沒有教育補助，除了自費上幼兒園或托兒所以外，也有父母會聘請保母照顧小孩。

西班牙的保母有按月收費、按小時收費，也有臨時受託的類型。2020 年，保母的平均時薪為 8.2 歐元，較 2018 年的 7.44 歐元微幅增加。當然，各地區的保母行情有所不同，例如馬德里的平均時薪為 8.15 歐元，巴塞隆納則為 8.74 歐元。全職保母稱為 la niñera / el niñero，這類幼兒照顧者（cuidadora）不只要負責照顧、教導小朋友，有些還會與雇主（小朋友的家庭）同住，負責家務瑣事。另外一種保母稱為 el/la canguro（用「袋鼠」這個詞來表示，是西班牙國內特有的說法），這類保母通常是在父母臨時有事的時候，短暫幫忙看顧小朋友幾個小時，他們不一定有專業證照，也有些是經驗還不多的年輕人。

Melisa hizo de canguro de mi niño cuando mi marido y yo fuimos al cine anoche.
昨晚我和我先生去看電影的時候，梅麗莎來照顧我兒子（我們找她當保母）。

⋯⋯ 01 ─ 上學 ir al colegio

04-2-2.mp3

上學的時候需要哪些東西呢？

la mochila
f. 背包

la mochila con ruedas
f. 拉桿滑輪背包

los libros de texto
m. 教科書

los libros de ejercicios
m. 練習本

el pañuelo
m. 手帕

el pañuelo facial
m.（一張）面紙

la botella de agua
f. 水壺

el chándal
m.（一套）運動服

在學校圖書館會做什麼呢？

1. **hacer el préstamo / prestar el libro** 借書
2. **devolver el libro** 還書
3. **hojear el libro** 翻書
4. **coger el libro desde la estantería** 從書架上取書
5. **colocar bien el libro** 把書放好
6. **repasar** 複習…
7. **estudiar** 讀書

la biblioteca
f. 圖書館

文化小常識：西班牙的小學

學費

西班牙的初等教育（la educación primaria）屬於義務教育的一部分，只要是居住在西班牙的小朋友，無論本國籍或是外國籍，年滿 6 歲即可就讀。因為學費由政府支出，所以學生只需要付教科書、學習用品等等的雜費。以公立學校（las escuelas públicas）而言，雜費大約 250-300 歐元，加上其他的費用，一年的平均花費為 500 歐元。

課程目標

西班牙的小學分為六個學年（seis cursos académicos），小學階段有四個主要的學習領域：cultura（文化）、expresión oral（口語表達）、escritura（書寫）、cálculo（算術）。除此之外，認知發展（desarrollo cognitivo）及社會／社交發展（desarrollo social）也是這個階段的重點。

作息時間

西班牙的小學大多從早上 9 點開始上課，下午 5 點放學回家。下午 1 點到 3 點是吃午飯和休息的時間。有些學校的課程時間安排比較緊湊，早上 8 點就開始上課，中間不休息，下午 2 點就直接下課回家。西班牙人的午餐時間比台灣晚，所以 2 點回家剛好是吃午餐的時間。

⋯ 02 課堂上 en clase

04-2-3.mp3

上課時，常做的事有哪些？

pasar la lista
點名

sacar el libro
把書拿出來

levantarse
站起來

sentarse
坐下

hacer preguntas
問問題

discutir ...
討論…

responder a / contestar la pregunta
回答問題

levantar la mano
舉手

estudiar ...
研讀…

leer
閱讀…

aprender
學習…

escuchar a
聽…說話

hacer una presentación oral
進行口頭報告

pensar
思考

escribir
寫…

borrar la pizarra
擦黑（白）板

esribir en la pizarra
寫黑（白）板

aplaudir
鼓掌

hacer cola
排隊

entregar
繳交…

enseñar
教…

quedarse dormido
打瞌睡

soñar despierto
作白日夢

trabajar en grupo
分組討論

turnarse (para hacer ...)
輪流（做…）

terminar la clase
下課

castigar a
處罰…

03 考試 hacer examen

你知道嗎？ ◀◀▶▶▶▶▶▶▶▶▶▶▶▶

西班牙的學期和考試

和台灣每學年分為兩學期、學期間以寒暑假分隔的制度不同，西班牙每學年有三個稱為「trimestre」的學期。顧名思義，每學期的長度大約是三個月（tres meses）。第一學期從 9 月中旬開始，直到 12 月 20 日左右聖誕假期開始為止。聖誕假期一直持續到 1 月 6 日的三王節，然後從 1 月 8 日開始第二學期，到 3 月下旬左右的復活節開始放春假為止。春假大約有一週的時間，然後開始第三學期，整個學年在 6 月 20 日左右結束。

學期中的考試，可分為 prueba（小考）、examen parcial（期中考）、examen final（期末考）。如果依照考試方式區分，則可以分為 examen oral（口試）和 examen escrito（筆試）兩種。

各類型的考題，西班牙語怎麼說？

1. **las preguntas de opción múltiple**
   f. 選擇題

2. **verdadero o falso** 是非題

3. **completar (las frases)**
   填空題（完成句子）

4. **relacionar las dos columnas** 連連看

5. **la redacción** f. 作文題

6. **las preguntas de ensayo** f. 申論題

7. **el dictado** m. 聽寫

◆ **Tips** ◆

慣用語小常識

empezar la casa por el tejado「從屋頂開始蓋房子」是什麼意思？

在西班牙的中學義務教育到高中階段，學校的教學目標以培養學生們的批判、解決問題能力以及競爭力為主，讓學生能夠順利銜接大學，或者有能力進入就業市場。所以，除了傳統的知識學習以外，也會用寫作、申論題或團體、個人報告的方式，訓練學生主動思考。

西班牙語可以用 listo 這個形容詞表示一個人聰明機智、做事勤奮，例如「Alberto es una persona lista.」（雖然 Alberto 是男性，但因為 persona 是陰性名詞，所以形容詞使用陰性的形式）。反過來說，如果一個人做事情前後顛倒、沒有邏輯，可以用 empezar la casa por el tejado「從屋頂開始蓋房子」這句諺語來表達，也就是急於追求結果，卻沒做好開頭的步驟，「本末倒置」了。

José ha empezado la casa por el tejado. Ha preparado la habitación del bebé, pero todavía no sabe dónde está su futura pareja.
荷西本末倒置了。他準備好了嬰兒房，但還不知道他未來的伴侶在哪裡。

考試時，常見的狀況有哪些？

hacer examen
考試

repartir el examen
發考卷

dejar el lápiz al lado
把鉛筆放一邊

hacerse la chuleta
作弊

devolver el examen
發回考卷

entregar el examen
交考卷

成績評定的方式

除了考試以外，也有可能用繳交報告（entregar un trabajo）的方式評量成績。和台灣學校以百分制計分、60 分及格的標準不同，西班牙的分數級距從 0 到 10 分，達到 5 分為及格。依照分數高低，可以分為 9-10: sobresaliente（優秀）、7-8,99: notable（良好）、5-6,99: aprobado（及格）、0-4,99: suspenso（不及格）等評價。

PARTE V
Los lugares de trabajo 工作場所

Capítulo 1

El banco 銀行

05-1-1.mp3

這些應該怎麼說？

銀行內部擺設

① **el mostrador de información** m. 服務台

② **el cliente / la clienta** m./f. 客戶

③ **el cajero / la cajera** m./f. 銀行行員

④ **el/la depositante** m./f. 存款戶

⑤ **la cámara de vigilancia** f. 監視器

⑥ **el servicio financiero** m. 理財／金融服務

⑦ **el asesor financiero / la asesora financiera** m./f. 理財顧問

其他在銀行常見的東西還有哪些呢？

05-1-2.mp3

la caja fuerte
f. 保險箱，金庫

la tarjeta de débito
f. 簽帳金融卡（含提款功能）

la caja de seguridad
f.（銀行）保管箱

el camión blindado
m.（運鈔用的）強化外裝卡車

los billetes
m. 紙鈔

los cambios
m. 零錢

las monedas
f. 硬幣

el contador de billetes
m. 點鈔機

la tarjeta de crédito
f. 信用卡

el cheque
m. 支票

el cajero automático
m. 自動櫃員機

la libreta
f. 存摺

慣用語小常識：pasta 也是「錢」的意思？

當我們談到「銀行」這個主題，第一個想到的就是「錢」，也就是西班牙語的 el dinero。與「錢」相關的字彙包括「現金」（el efectivo）、「支票」（el cheque）等等，而在西班牙國內，「pasta」這個字除了「義大利麵」、「醬、膏狀物」等意義以外，也是「錢」的口語俗稱。所以 ganar pasta 並不是「賺到義大利麵」，而是「賺錢」（ganar dinero）的意思。另外，pasta 在「de buena pasta」這個慣用語裡則是「性情、脾氣」的意思，所以說一個人「ser de buena pasta」是指他「脾氣很好」。

Quiero ir a Francia contigo este verano, pero no tengo pasta.
這個夏天我想和你一起去法國，但是我沒有錢。

Pablo es de buena pasta. 巴布羅的個性很溫和。

在銀行會做什麼呢？ ▶▶▶▶▶ ▶ ▶▶▶▶ ▶ ▶▶▶

••• 01 開戶 abrir una cuenta

05-1-3.mp3

- 開戶 abrir una cuenta

1. **la cuenta** f. 帳戶
2. **la solicitud** f. 申請表
3. **la cuenta bancaria personal**
   f. 個人銀行帳戶
4. **la cuenta bancaria conjunta**
   f. 聯名銀行帳戶
5. **la cuenta corriente** f. 活期存款帳戶
6. **la cuenta de ahorro** f. 儲蓄帳戶
7. **la cuenta de depósito a plazo fijo** f. 定期存款帳戶

開戶的時候要填寫申請表。表單上會有哪些資料呢？

1. **el nombre** m. 名字
2. **el primer apellido**
   m. 第一個姓氏（通常為父姓）
3. **el segundo apellido**
   m. 第二個姓氏（通常為母姓）
4. **la fecha de nacimiento** f. 出生日期
5. **el sexo** m. 性別
   衍 **hombre** m. 男性
   衍 **mujer** f. 女性
6. **la nacionalidad** f. 國籍
7. **el número de pasaporte** m. 護照號碼
8. **DNI (documento nacional de identidad)** m. 國民身分證（號碼）
9. **NIE (número de identidad de extranjero)** m. 外國人身分編號
10. **el estado civil** m. 婚姻狀況
    衍 **casado/a** adj. 已婚的
    衍 **soltero/a** adj. 未婚的
11. **el domicilio** m. 住家地址
    衍 **el código postal** m. 郵遞區號
12. **el número de teléfono** m. 電話號碼

13. **el número de móvil**
    m. 手機號碼
14. **la educación** f. 教育程度
    衍 **unversidad** f. 大學
    衍 **bachillerato** m. 高中
    衍 **escuela secundaria** f. 中學
    衍 **escuela primaria** f. 小學
15. **la profesión** f. 職業
    衍 **estudiante** m. 學生
    衍 **sin trabajo** 待業中
    衍 **empleado/a** adj. 工作中（受雇的）

- 存款 depositar dinero

1. **depositar/ingresar** v. 存入
2. **el ingreso** m. 存入款項
3. **el ahorro** m. 儲蓄
4. **el efectivo** m. 現金
5. **el cheque** m. 支票
6. **el cheque a la vista** m. 即期支票
7. **el cheque diferido** m. 遠期支票
8. **cobrar el cheque** 兌現支票

- 提款 sacar/retirar dinero

1. **sacar/retirar** v. 提領
2. **liquidar la cuenta** 結清帳戶
3. **firmar un cheque** 開支票
4. **la comisión** f. 手續費

- 匯款 enviar dinero

1. **(hacer) la transferencia telegráfica** 電匯
2. **transferir (el dinero)** 轉帳
3. **hacer transferencia a** 轉帳到…
4. **remitir/enviar (una cantidad de importe)** 匯款（某個金額）
5. **el impreso de transferencia** m. 匯款單

- 兌換外幣 cambiar dinero

1. **la divisa** f. 外幣
2. **cambiar euros en dólares** 把歐元換成美元
3. **el cambio** m. 匯率
4. **el valor** m. 面額

歐元有哪些面額？

- 硬幣 las monedas

un euro
1 歐元（1 €）

dos euros
2 歐元（2 €）

cincuenta céntimos
50 分（0,50 €）

veinte céntimos
20 分（0,20 €）

diez céntimos
10 分（0,10 €）

cinco céntimos
5 分（0,05 €）

dos céntimos
2 分（0,02 €）

un céntimo
1 分（0,01 €）

- 紙鈔 los billetes

cinco euros
5 歐元（5 €）

diez euros
10 歐元（10 €）

veinte euros
20 歐元（20 €）

cincuenta euros
50 歐元（50 €）

cien euros
100 歐元（100 €）

doscientos euros
200 歐元（200 €）

quinientos euros
500 歐元（500 €）

* 500 歐元紙鈔目前已經停止印製

• 數字應用範例

treinta y cinco euros con noventa y nueve céntimos 35.99 歐元
trescientos cincuenta euros 350 歐元

mil euros 1000 歐元
dos mil euros 2000 歐元
tres mil quinientos veinte euros 3520 歐元

un millón de euros 100 萬歐元
dos millones de euros 200 萬歐元
dos millones trescientos ochenta mil euros
238 萬歐元（2 百萬 + 380 千）

· 與提款相關的單字

1. **el retiro** m. 提款
2. **la transferencia** f. 轉帳
3. **el retiro rápido** m. 快速提款
4. **anular** v. 取消
5. **confirmar** v. 確認
6. **el importe** m. 金額
7. **otros servicios** m. 其他服務
8. **el saldo** m. 餘額

· 與使用提款機時相關的常見句子

1. **Inserte la tarjeta.** 請插入卡片。
2. **Introduzca/Digite la contraseña.** 請輸入密碼。
3. **Retire la tarjeta.** 請取回卡片。
4. **Retire su dinero en efectivo.** 請領取現金。
5. **continuar** 繼續
6. **terminar** 結束
7. **imprimir el recibo/comprobante** 列印明細表

8. **la contraseña de PIN errónea** PIN 碼錯誤
9. **Seleccione el tipo de operación que desea efectuar.**
   請選擇所要執行的項目。
10. **confirmar** 確認
11. **Elija el valor a retirar.** 請選擇提款金額。
12. **otro importe** 其他金額
13. **Retire su tarjeta de débito después de retirar los billetes.** 領取現金後請取回金融卡。
14. **Ingrese el dinero a depositar.** 請放入您要存的金額。
15. **¿Necesita el recibo/comprobante?** 您需要明細嗎？
16. **Espere, por favor.** 請稍候。

你知道嗎？

西班牙的自動櫃員機有哪些功能？

和台灣一樣，西班牙的自動櫃員機除了設置在銀行以外，也可以在購物中心等商業設施找到。不過，西班牙幾乎沒有像台灣一樣的便利商店（比較接近的型態是連鎖超市業者的小型精簡店鋪），當然也沒有所謂的「超商繳費」，所以自動櫃員機就擔負了一些代收費用的角色。

西班牙自動櫃員機的主要功能如下：

· 存入及提領現金（el ingreso y retiro de dinero en efectivo）
· 銀行帳戶間轉帳（las transferencias de dinero entre cuentas bancarias）
· 更新存簿及帳戶（明細）（la actualización de libreta y cuentas）
· 取得及更改密碼（la obtención y el cambio en las contraseñas）
· 加值電話易付卡（recargar las tarjetas telefónicas）
· 支付公營及私營服務帳單（pagar los recibos de servicios públicos y privados）

自動提款機還可以分為兩種不同類型：第一種是 cajero Cash，這類的提款機大多設置在銀行外面，只有提領現金的功能；第二種是 cajero Full，這類的提款機功能比較齊全，上述各種功能都可以在 cajero Full 找到。

在銀行開戶前，了解符合自己需求的存款類型是很重要的。銀行提供的帳戶類型，最常見的是活期存款帳戶（la cuenta corriente）、儲蓄帳戶（la cuenta de ahorro）及定期存款帳戶（la cuenta de depósito a plazo fijo）。這三種帳戶有哪些不同處呢？首先，我們先來比較看看活期存款帳戶（la cuenta corriente）、儲蓄帳戶（la cuenta de ahorro）的異同。

· **存提款**：兩種帳戶都可以存款及提款。
· **消費時支付帳款**：兩種帳戶都提供簽帳功能，但儲蓄帳戶只能透過電子方式支付（pago vía electrónica）及簽帳卡支付（pago con la tarjeta de débito）；活期存款帳戶除了上述方式以外，還可以使用支票（cheques）來支付。
· **利息**：儲蓄存款每月會產生利息，活期存款帳戶則沒有利息。
· **可否申請信用卡**：以上兩種帳戶都可以申請簽帳金融卡，但只有活存帳戶可以申請信用卡。

基本上，活期存款的主要用途，是提供客戶立即、輕鬆使用這個帳戶的存款來支付日常生活的花費，目的不在於儲蓄或是投資。相反的，儲蓄帳戶的目的為儲蓄，但儲蓄的金額及期間沒有限制。有些公司也會開立儲蓄帳戶，將要撥給員工的每月薪資放在這個帳戶裡，方便操作運用。

那儲蓄帳戶和定期存款帳戶（la cuenta de depósito a plazo fijo）有哪些差別呢？兩者皆以儲蓄為主要目的，因此開立這兩種帳戶都會有利息產生，只不過儲蓄帳戶的利息為每個月支付，定期存款帳戶的利息則只有在合約到期時（cuando finaliza el contrato）才支付。另外，儲蓄帳戶沒有最低金額及期間的限制，定存帳戶則有特定期間（determinado plazo）及最低金額（importe mínimo）1000 歐元的限制。而無論是儲蓄存款或是定存帳戶，提前解約（la cancelación anticipada）時銀行都會要求客戶支付違約金。

▲西班牙銀行（Banco de España）是西班牙的中央銀行，負責發行歐元並維持貨幣穩定，不對一般民眾提供服務。

▲西班牙的主要銀行有 Santander、BBVA、Caixa、Bankia 等。

Capítulo 2

La oficina de Correos 郵局

05-2-1.mp3

這些應該怎麼說？

1 **el empleado / la empleada** m./f. 員工

2 **la carta** f. 信件

3 **el paquete** m. 包裹

4 **la báscula** f. 磅秤

5 **el lector de código de barras** m. 條碼讀取器

6 **el bolígrafo** m. 原子筆

你知道嗎？

西班牙郵局的寄件服務

交寄郵件時，我們可以依據信件或是包裹是否為急件，以及需要掛號服務與否，向郵局服務人員說明需求。如果是比較急的郵件或是包裹，西班牙語為 la carta urgente / el paquete urgente，平信則是 la carta ordinaria / el paquete ordinario。如果需要掛號服務，只要附加說明需要「certificado/a」即可。在西班牙，也有保證最快速到達的快捷郵件服務，不過當日送達的 Paq Today 只提供簽約的企業客戶使用，一般人則可以選擇 24 至 48 小時送達的 Paquete Premium。

除了可以自行購買箱子來打包以外，也可以在郵局購買環保材質包裝箱（los embalajes ecológicos），這一系列的包材統稱為 Línea Bosques（森林系列）。如果需要寄玻璃瓶類的東西，也可以在郵局購買 caja especial（特殊型箱子），有單瓶（para una botella）到三瓶裝（para tres botellas）的箱子。

因應現代人的需求，西班牙郵局也推出了類似台灣「i 郵箱」的自助寄件及取件服務「CityPaq」，只要利用設置於各大公共場所的郵件保管櫃，就可以將郵件送到離收件者最近的櫃點，不受郵局營業時間的限制。要注意不能直接在機器上進行寄件、收件的操作，要先下載專用 app 並登記個人資料才能使用。除了郵件收發業務以外，西班牙郵局也推出郵票以外的聯名商品，例如聯合國兒童基金會義賣商品、哈利波特相關產品，包括環保袋、抱枕、鑰匙圈等等，打破了對於郵局的傳統想像。

▲設置於地鐵車站的 CityPaq 郵件保管櫃

05-2-2.mp3

el sobre
m. 信封

el sobre prepagado
m. 已付郵資的信封

la caja
f. 箱子

las tijeras
f. 剪刀

la cinta adhesiva
f. 膠帶
la cinta de embalaje
f. 封箱膠帶

el pegamento
m. 膠水

la báscula
f. 磅秤

el apartado postal
m. 郵政信箱

el buzón
m. 郵筒

01 郵寄、領取信件 enviar y recoger cartas

05-2-3.mp3

常做的事有哪些？

recoger
領取（信件、包裹）

enviar
郵寄（信件、包裹）

empaquetar
把…打包成包裹

enviar una carta certificada
寄掛號信

recoger una carta certificada
領取掛號信

sellar una carta
密封信件

◆ Tips ◆

詞彙小常識：郵票篇

當我們要寄信的時候，第一個想到的就是購買郵票（el sello）。sello 這個單字除了郵票的涵義之外，也是「蓋章」、「戳記」、「印章戳印」的意思，例如：El cajero pone un sello en el recibo.（銀行行員在收據上蓋上印章）。有些時候我們需要在表格上簽名、蓋章，西班牙文就是 dejar la firma y el sello en la parte inferior del formulario（在表單的最下方留下簽名及印章）。那麼「el matasellos」又是什麼意思呢？matasellos 這個單字，字面上是 matar（殺）及 sellos（郵票）兩個單字的組合，也就是「殺死郵票的東西」，實際上則是「郵戳」的意思。郵戳就是將郵件上的郵票蓋上戳印，除了標示郵局收取郵件的時間以外，也代表取消（cancelar）郵票的價值，也就是無法再次使用這張郵票的意思。

生活小常識：郵資預付包裹 embalajes prepagados

當我們需要寄件時，會依據包裹或是信函的大小重量來決定包裝的大小。有些情況下，我們也會選擇使用郵局的「便利箱」，不但方便包裝，而且售價內含郵資，也省去了寄送時另外付費的麻煩。西班牙也有這類郵資預付的信封及寄件箱，統稱為 embalajes prepagados。這類郵資預付的寄件包裝有幾項特點：

- 以固定郵資（un precio cerrado）寄件：當購買郵資預付的信封或是寄件箱時，付款的金額已經包含了郵資的費用，只要不超過重量上限，寄件時都不需要再付郵資。
- 免貼郵票（el sello）或郵資券（la etiqueta franqueadora）。
- 只需填上寄件人資料（los datos de remitente）及收件人資料（los datos de destinatario）即可寄件。
- 如果寄平信（el ordinario），只要直接投入郵筒（el buzón）即可；如果是掛號郵件（el envío certificado），就必須到服務窗口寄件。

郵資預付郵件包裝有長、寬、高及重量的限制，種類分為兩大類：

- sobre prepagado 預付郵資信封：可細分為 sobre americano sin/con ventana（無 / 有透明窗口的）美式信封、sobre cuadrado 正方形信封、sobre Din A5 橫式信封。
- bolsas prepagadas 預付郵資袋

下回有寄件需要時，不妨先確定自己需要的郵件包裹方式，然後應用這些字彙向郵局人員說明需求，輕鬆用西班牙語完成寄件。

•••02 購買信封 comprar los sobres

在郵局可以買到哪些商品呢？

el sobre
m. 信封

la tarjeta postal
f. 明信片

el sello
m. 郵票

el sobre de plástico
m. 塑膠製郵件袋

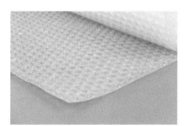

el papel burbuja
m. 氣泡布

el papel kraft
m. 牛皮紙

① **el/la remitente** m./f. 寄件人

② **el destinatario / la destinataria** m./f. 收件人

③ **el sello** m. 郵票

④ **el matasellos** m. 郵戳

西班牙常用的信封大多是標準橫式的信封，依照現行國際標準，會在信封的正面同時寫上寄件人及收件人資料。寄件人資料會寫在信封左上角，第一行寫上「寄件人姓名」、然後第二行是「寄件地址」、接著在第三行寫上「城市名」及「郵遞區號（el código postal）」，最後一行寫上「國名」。右下角的收件者資料內容及填寫順序，也和寄件資料相同，只不過書寫的位置是從中間開始往右填寫。郵票的黏貼位置，是在信件的右上方空白處。郵遞區號的填寫很重要，如果漏寫或是寫錯，很容易延誤送件的時間。如果寄往國外，可以在右下空白處加註西班牙語「por avión」來表示「航空郵件」。

明信片地址資訊書寫方式

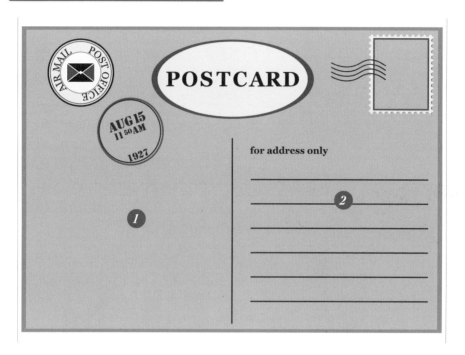

① **el mensaje** m. 訊息

② **el destinatario / la destinataria** m./f. 收件人

明信片的書寫方式很簡單，給收件人的訊息寫在左邊，收件人的名稱和地址則寫在右邊，地址的格式和信封是一樣的。一般而言，只需要寫下自己的名字，向收件者表明身分即可，而不會寫出自己的地址。如果要告知自己的地址，應該用比較小的字書寫，以免和收件人地址混淆。

Capítulo 3

La tienda de telecomunicaciones 通訊行

這些應該怎麼說？

05-3-1.mp3

① **la tienda de telecomunicaciones**
m. 通訊行

② **el mostrador** m. 櫃台

③ **el asesor / la asesora**
m./f. 服務（諮詢）人員

④ **el cliente / la clienta** m./f. 客戶

⑤ **el expositor** m. 商品展示櫃

⑥ **el (teléfono) móvil** m. 手機

⑦ **la tableta** f. 平板

⑧ **la publicidad** f. 廣告

⑨ **el accesorio** m. 配件

服務櫃台常見的東西怎麼說？

05-3-2.mp3

el (teléfono) móvil

m. 手機

la tarjeta SIM

f. SIM 卡

las tarifas

f. 資費方案

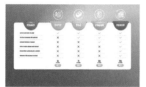

el folleto

m. 介紹小冊

el contrato

m. 合約

※ 補充：

1. **el recibo** m. 收據
2. **la factura de teléfono**
   f. 電話費帳單
3. **la cáscara de móvil** f. 手機保護殼
4. **la tarjeta de microSD**
   f. microSD 記憶卡

◆ Capítulo 5
La tienda de telecomunicaciones 通訊行

201

文化小常識：西班牙的電信公司

西班牙有四家主要的電信公司（los operadores de telecomunicaciones），分別是 Movistar、Orange、Vodafone 和 Yoigo。Movistar 為西班牙電信公司 Telefónica 旗下主要的電信品牌，在西班牙的市占率曾經超過 4 成，目前仍然是當地最大的行動電信營運商。

品牌顏色搶眼鮮明的 Orange，是來自法國的電信公司，在法國為第一大電信公司，其營業據點遍佈全球，西班牙則為此品牌的第二大代表地區。2015 年，Orange 更收購了西班牙另一家電信公司 JazzTel，擴大在當地的勢力。

總部設在英國的跨國電信公司 Vodafone，雖然在西班牙市占率只排第三，但他們的連線速度快，而且價格優惠，受到許多西班牙的用戶歡迎。

西班牙市佔率排名第四的電信公司，是創立於 2006 年，品牌形象為多種漸層色字樣的 Yoigo，總部在西班牙馬德里。為了和前三人業者做出區隔，Yoigo 訴求簡單、低價、沒有許多隱藏的附加條款，廣告形象也較為活潑有趣。

西班牙的電信業者為了吸引客戶，近年紛紛推出 ilimitada 的方案。ilimitada「無限制」方案的意思，就是指某個特定資費內容裡，讓客戶通話免費、上網吃到飽或是漫遊免費……等等的優惠。值得注意的是，有的優惠方案只會提供客戶第一年免費，或是不需綁約（sin permanencia）的優惠，但是有某些費用比較高的備註等等。因此，在決定走進哪間電信公司申辦門號前，還是先貨比三家比較不會吃虧。

在通訊行會做什麼呢？

05-3-3.mp3

··· 01 簽約 contratar

常做的事有哪些？

1. **contratar una línea de telefonía móvil**
（簽約）申辦手機門號
2. **contratar (la conexión de) Internet** （簽約）申辦網路
3. **renovar el contrato** 續約
4. **comprar la tarjeta SIM**
購買 SIM 卡
5. **presentar las tarifas** 介紹費率
6. **pagar la factura** 繳帳單
7. **anular el contrato** 解約
8. **pasarse a otro operador** 攜碼到另一家電信公司
9. **comprar un (teléfono) móvil** 購買手機
10. **desmontar un (teléfono) móvil** 拆開手機
11. **ensamblar un (teléfono) móvil** 組裝手機
12. **colocar la tarjeta SIM** 裝 SIM 卡
13. **activar el servicio de Internet** 開啟網路
14. **introducir el código PIN** 輸入 PIN 碼
15. **desbloquear** 解鎖
16. **encender** 開機
17. **apagar** 關機

申辦手機時的其他需知

1. **el operador de telecomunicaciones** m. 電信業者
2. **el compromiso de la permanencia** m. 合約期限
3. **los tipos de tarifa** m. 資費方案種類

4. **la tarifa de contrato**　f. 月租合約型費率

5. **la tarifa de prepago**　f. 預付卡費率

6. **datos ilimitados**　m. 無限上網流量

7. **llamadas ilimitadas**　f. 無限通話

8. **la tarifa de servicio de Internet**　f. 網路費

9. **la penalización**　f. 違約金

10. **el plazo de pago**　m. 繳費期限

11. **el teléfono fijo**　m. 市話

12. **la oferta**　f. 優惠

13. **romper la permanencia**　提早解約

手機門號方案

在西班牙申辦手機門號，可以依據在當地停留的時間長短，來決定要買不需綁約的預付卡（tarjeta de prepago），或是簽約型（contrato）的門號。易付卡型的門號比較適合手機使用較少，純粹用來聯絡的人，或是停留在歐洲的時間較短，不適合一年以上合約期限（la permanecia）的人。易付卡的通話費通常比較貴，因此許多人會利用各種方式節省通話或語音信箱的費用。例如與朋友相約見面時，會以「未接來電」（llamada perdida）的方式給對方一個提示（dar un toque a alguien），告知自己已經到了約定的地點。如果需要加值（recargar），除了前往門市以外，也可以在自動提款機、有加值服務的雜貨店或書報攤進行，最低金額是 5 歐元。

至於簽約型，為了吸引用戶簽約，並且在約定的期限（el compromiso de permanencia）內定期繳交月租費，電信公司會提供各種不同的通信費用優惠，對於需要經常通話、上網的人而言，是比較划算的選擇。和台灣一樣，伴隨合約購買的手機會稍微便宜一些。但如果提前解約（romper la permanecia），就需要支付違約金（pagar la penalización），可以理解為繳回之前享有的一部分優惠。不過，現在西班牙許多電信業者推出了「無合約期限」（sin permanencia）的合約，也就是俗稱的「不綁約」，讓客戶沒有合約期限的壓力，同時又能享受各種優惠。

在西班牙的通訊行申辦手機門號時，會看到資費表上有幾個常見的詞彙，以下列表讓大家可以很快明白其中的含意：

· tarifas 資費方案：每家電信公司會給每個方案一個名稱或是代號。

· llamadas 語音通話費：指的是免費通話的時間，會以分鐘數（~minutos）表示，資費較高的甚至會看到 llamadas ilimitadas（無限通話）的方案內容。

· datos 資料傳輸量：指的就是上網的網路流量，從 200MB 到無上網流量限制（datos ilimitados，也就是俗稱的「上網吃到飽」）都有。

· en roaming 漫遊：可分為 SMS en roaming（簡訊漫遊）、llamadas en roaming（通話漫遊）。如果資費上標註 llamadas en roaming ilimitadas，指的就是「通話漫遊免費」的意思。

· para hablar 純通話方案：是相對於 para hablar y navegar（通話＋上網）的意思。雖然現在絕大多數的人都有智慧型手機（el smartphone），但仍然有少數人使用沒有上網功能的手機，所以西班牙一些比較小型的電信商（通常是向大型電信公司承租網路使用，本身不從事硬體建設）目前依然提供純通話的方案。

∙∙∙ 02 使用手機 usar el móvil

05-3-4.mp3

·手機的基本功能，西班牙語該怎麼說？

1. **el smartphone** m. 智慧型手機
2. **el (teléfono) móvil básico** m. 基本型手機（舊式功能型手機）
3. **la pantalla** f. 螢幕
4. **la tecla** f. （輸入用的）按鍵
5. **la tecla de llamada** f. 通話鍵
6. **la tecla de asterisco** f. 米字鍵
7. **la tecla de almohadilla** f. 井字鍵
8. **el teclado numérico** m. 數字鍵盤
9. **el buzón de voz** m. 語音信箱
10. **la batería** f. 電池

11. **la videollamada** f. 視訊電話

12. **el conector de auriculares** m. 耳機插孔

13. **los auriculares sin cable** n. 無線耳機

14. **el modo avión** m. 飛航模式

操作手機的基本功能，西班牙語該怎麼說？

1. **encender/apagar** 開機／關機

2. **hacer una llamada telefónica** 打一通電話

3. **colgar (una llamada)** 掛斷（電話）

4. **escribir un mensaje/SMS** 打、寫訊息

5. **mandar/enviar un mensaje/SMS** 傳送訊息

6. **cargar (el móvil)** （給手機）充電

7. **teclar el número de teléfono** 撥打電話號碼

8. **guardar el número de teléfono** 儲存電話號碼

9. **configurar el despertador** 設定鬧鐘

10. **tomar/sacar una foto** 拍照

11. **grabar un vídeo** 錄影

12. **grabar la pantalla** 螢幕截圖

13. **sonar** （手機）響

14. **elegir el sonido** 選擇鈴聲

15. **cambiar el sonido** 換鈴聲

16. **ajustar el volumen** 調整音量

17. **el modo silencioso / de vibración / de sonido**
靜音／震動／響鈴模式

18. **descargar/bajar las aplicaciones** 下載應用程式

19. **activar/desactivar el altavoz** 開啟／關閉擴音

20. **volver a la pantalla principal** 回到主畫面

21. **volver a la página anterior** 回到上一頁

22. **eliminar** 刪除

23. **buscar** 搜尋

24. **sin conexión** 無網路連線

25. **fuera de cobertura** 收不到網路（在網路覆蓋之外的地區）

PARTE VI

Ir de compras 購物

Capítulo 1

El supermercado y el mercado tradicional
超市及傳統市場

這些應該怎麼說？

06-1-1.mp3

超級市場 el supermercado

1. **el pasillo** m. 走道
2. **el cartel de publicidad** m. 廣告看板
3. **la estantería** f. 架子
4. **el alimento** m. 食品
5. **la caja** f. 收銀機，收銀台
6. **el cajero / la cajera** m./f. 收銀員
7. **la cinta transportadora** f. 輸送帶
8. **la bolsa** f. 袋子
   la cesta f. 籃子（購物籃）

9 **la tarjeta de crédito** f. 信用卡

la tarjeta de débito

f. 簽帳（金融）卡

補充：

1. **el mostrador** m. 櫃台
2. **la tarima** f. 棧板
3. **la oferta** f. 特價

傳統市集 el mercado tradicional

1. **el puesto** m. 攤販
2. **el puesto de pescado** m. 魚攤
3. **el puesto de pollo** m. 雞肉攤
4. **el puesto de verduras** m. 蔬菜攤
5. **el puesto de frutas** m. 水果攤
6. **el puesto de comida preparada** m. 熟食攤
7. **el puesto de queso** m. 起士攤
8. **el puesto de libros de segunda mano** m. 二手書攤

超市常見的東西，還有哪些呢？

06-1-2.mp3

el carrito
m. 購物車

la tarjeta de miembro
f. 會員卡

el código de barras
m. 條碼

el lector de código de barras
m. 條碼掃描器

el cupón de descuento
m. 折價券

el recibo
m. 收據

la báscula/ balanza (para frutería)
f. 磅秤

el alimento envuelto
m. 包裝食品

♦ Tips ♦

慣用語小常識：瓜果篇

西班牙語當中，有許多用瓜果來形容人事物，或是表達想法與意見的有趣慣用語，你知道哪些呢？中文形容一個人因為害羞臉紅，我們可能會說「臉紅得像蘋果」，那西班牙文裡比喻害羞臉紅是哪種水果呢？答案是番茄：Pablo se puso como un tomate cuando veía a Felisa, la chica más guapa de su clase.（當巴布羅看到他們班上最美的女孩費麗莎，他變得像番茄一樣臉紅。）

而如果心儀的對象拒絕了你的邀約，也就是中文常說的「發好人卡」，西班牙語會說 dar calabazas a alguien.「給某人一些南瓜」，意思就是表達拒絕某人的愛意。在古希臘時期，南瓜被當成降低性慾的食物，之後到了中世紀，南瓜子被用於宗教祈禱，清除心中煩惱及雜念。因此，才延伸出拒絕某人愛意的寓意。例如：Pablo le invitó a cenar a Felisa esta noche, pero Felisa le dio calabazas.（巴布羅邀請費麗莎今晚一起去吃晚餐，但是她拒絕了他。）

表達不在乎某件事的時候，除了直接說 No me importa nada.（我一點都不在乎）以外，還可以用 pimiento（青椒）來比喻，例如：Me importa un pimiento lo que me critican los oyentes.（聽眾對我的批評，我一點都不在乎。）

最後，Si la vida te da limones, haz limonada.（如果人生給你檸檬，就做檸檬汁吧）這句話，是表達一種樂觀的心境，表示一個人總是能夠從挫敗或是負面的事情當中，找到正面美好的部分。人生不完美，但心境可以改變人生的不完美，就是這句話想要傳達的涵義。

在超市會做些什麼呢？

••• 01 挑選食材 elegir los ingredientes

06-1-3.mp3

• 這些常見的食材，用西班牙語怎麼說呢？

• 蔬菜類 las verduras

1. **el pepino** m. 小黃瓜
2. **el pimiento rojo** m. 紅椒
3. **el pimiento verde** m. 青椒
4. **el pimiento amarillo** m. 黃椒
5. **la guindilla roja / el chile rojo** f./m. 紅辣椒
6. **la guindilla verde / el chile verde**
　　f./m. 綠辣椒（註：guindilla 為西班牙國內用語）
7. **el brócoli** m. 青花菜
8. **la coliflor** f. 花椰菜
9. **la col** f. 包心菜

10. **la col china** f. 大白菜
11. **la cebolla** f. 洋蔥
12. **el rábano** m. 蘿蔔（紫紅色或白色）
13. **la zanahoria** f. 胡蘿蔔
14. **el tomate** m. 番茄
15. **el tomate cereza** m. 小番茄
16. **la lechuga** f. 萵苣
17. **el guisante** m. （一顆）豌豆
18. **el aguacate** m. 酪梨
19. **el perejil** m. 香芹（巴西利）
20. **el cilantro** m. 香菜

21. **la calabaza** f. 南瓜
22. **el calabacín** m. 櫛瓜
23. **la berenjena** f. 茄子
24. **el guisante mollar /
el tirabeque** m. 荷蘭豆
25. **el champiñón** m. 蘑菇
26. **el maíz** m. 玉米

27. **la cebolleta** f. 青蔥
28. **el apio** m. 芹菜
29. **el ruibarbo** m. 大黃
30. **la batata** f. 地瓜
31. **la patata** f. 馬鈴薯
32. **la aceituna** f. 橄欖
33. **la legumbre** f. 豆類

採購食材時常用的句子

1. **Póngame medio kilo de patatas, por favor.**
請給我半公斤的馬鈴薯。

2. **¿A cuánto está la merluza?** （無鬚）鱈魚時價多少錢？

3. **Aquí tiene el queso semicurado.** 您的半熟乾酪在這裡。

4. **Pague aquí, por favor.** 請您在此結帳。

5. **Aquí tiene el cambio y el recibo.** 找您的錢及收據在這裡。

6. **¿Necesita bolsas?** 您需要袋子嗎？

7. **Lo siento mucho, ya no nos queda.** 很抱歉，我們已經沒貨了。

- 水果類 las frutas

1. **la maracuyá** f. 百香果
2. **la naranja** f. 柳橙
3. **la mandarina** f. 橘子
4. **el pomelo** m. 葡萄柚
5. **el pomelo chino** m. 柚子
6. **la manzana** f. 蘋果
7. **el arándano** m. 藍莓
8. **la mora** f. 黑莓

9. **el coco** m. 椰子
10. **la cereza** f. 櫻桃
11. **la fresa** f. 草莓
12. **el kiwi** m. 奇異果
13. **el plátano** m. 香蕉
14. **el mango** m. 芒果
15. **la papaya** f. 木瓜
16. **el durián** m. 榴槤
17. **la guayaba** f. 芭樂
18. **el anón** m. 釋迦

19. **la piña** f. 鳳梨
20. **la uva** f. （一顆）葡萄
21. **el melón** m. 哈密瓜
22. **la fruta del dragón /**
    la pitahaya f. 火龍果
23. **la pera** f. 西洋梨

24. **la pera nashi** f. 水梨
25. **el melocotón** m. 桃子
26. **la ciruela** f. 李子
27. **el limón** m. 檸檬
28. **la lima** f. 萊姆
29. **la sandía** f. 西瓜

- 肉類 la carne

la ternera* f. 小牛肉	**el cerdo** m. 豬肉	**el pato** m. 鴨肉	**el pollo** m. 雞肉

* 未滿 1 歲的稱為 la ternera，1 ～ 2 歲稱為 el añojo，成年母牛稱為 la vaca，成年公牛
稱為 el buey。各種牛肉的總稱為 la carne de vacuno。

el cordero
m. 羊肉

el pavo
m. 火雞肉

la chuleta
f. 肋排

el lomo
m. 里肌肉

la panceta
f. 五花肉

el bistec
m. 牛排

el filete de cerdo
m. 豬排

el secreto de cerdo
f. 豬前腿內側肉

el jamón
m. 火腿

el chorizo
m. 香腸

el bacón (= la panceta ahumada)
m.（燻製的）培根

las alitas de pollo
f. 雞翅

el muslo de pollo
m. 雞大腿

el jamoncito de pollo
m. 棒棒腿

la pechuga de pollo
m. 雞胸肉

la carne picada
f. 絞肉

- 魚類和海鮮 los pescados y mariscos

1. **la caballa** f. 鯖魚
2. **el salmón** m. 鮭魚
3. **el bacalao** m. 鱈魚
4. **la merluza** f. 無鬚鱈魚
5. **la lubina** f. 鱸魚
6. **la ostra** f. 牡蠣
7. **la almeja** f. 蛤蠣

8. **el cangrejo** m. 螃蟹
9. **la gamba** f. 蝦子
10. **el langostino** f. 大蝦（例如阿根廷紅蝦）
11. **la langosta** f. 龍蝦
12. **la cigala** f. 螯蝦
13. **el pulpo** m. 章魚
14. **el calamar** m. 魷魚

♦ **Tips** ♦

慣用語小常識：海鮮篇

因為地理位置臨海，所以除了有夏天到海邊度假的文化以外，西班牙的餐桌上也總是能看到各種海鮮。在西班牙語中，也有一些常見的慣用語和魚有關。例如說一個人 tener memoria de pez「有魚的記憶力」，意思是他記性很差（tener mala memoria）。而如果說一個人 ser un pez gordo「是隻大肥魚」，則是表示他在某個領域、公司行號或所屬的機構位居要職，或者是掌握大權的重要人物。

Javier tiene memoria de pez. Siempre se olvida de lo que le he contado.
哈維爾的記性很差。他總是忘記我曾經跟他說過的事情。
Carlos es un pez gordo en la empresa.
卡洛斯在公司是手握大權的重要人物。

- 罐裝食品 los alimentos envasados

las frutas enlatadas
f. 罐頭水果

los pepinillos (en vinagre)
m. 醃漬黃瓜

la sopa envasada
f. 包裝現成湯品

la salsa en bote
f. 罐裝醬料

el atún en lata
m. 鮪魚罐頭

la miel en jarra
f. 蜂蜜罐

la mostaza en jarra
f. 芥末醬罐

el alimento para gato
m. 貓食

el alimento para perro
m. 狗食

- 乳製品 los lácteos

el queso
m. 乳酪

la leche
f. 牛奶

el helado
m. 冰淇淋

la mantequilla
f. 奶油

el yogur
m. 優格

el yogur líquido
m. 優酪乳

你知道嗎？ ▶◀▶▶▶▶▶▶▶▶▶▶▶▶

在台灣，我們習慣飲用新鮮的牛奶、豆漿還有各式冷藏飲品。然而，如果有機會到西班牙的超市逛一圈，不難發現冷藏飲料架上的鮮奶並不多。事實上，西班牙人不常喝冷藏的鮮奶，反而會喝鋁箔包裝的保久乳。這類保久乳依照脂肪量含量不同，可分為全脂牛奶（la leche entera）、半脂牛奶（la leche semidesnatada）以及脫脂牛奶（la leche desnatada）。

另一項在西班牙常見的乳製品就是乳酪（el queso）。乳酪依據熟成的程度分為熟成乾酪（el queso curado）、半熟成乾酪（el queso semicurado）、軟質乳酪（el queso tierno）及新鮮乳酪（el queso fresco）。西班牙人很常吃乳酪，早餐的麵包或吐司會搭配乾酪及乳酪抹醬（el queso para untar），烹煮時也會加入切絲乳酪（el queso rallado）做成焗烤。西班牙人常吃的米布丁（el arroz con leche），也是加入牛奶做成的甜點之一。

飲料與酒

1. **el zumo** m. 果汁

2. **el té** m. 茶

3. **el refresco** m. 汽水

4. **la coca-cola / la pepsi**
f. 可口可樂／百事可樂

5. **el agua mineral** 礦泉水
（註：因發音規則而必須改用冠詞 el）

6. **la bebida deportiva/isotónica**
f. 運動飲料

7. **la cerveza** f. 啤酒

8. **el vino** m. 酒

◆◆◆ 02 民生用品 los productos básicos

06-1-4.mp3

常見的民生用品有哪些？

- 個人衛生用品 los productos higiénicos

la pasta de dientes
f. 牙膏

el papel higiénico
m. 衛生紙

el champú
m. 洗髮精

el acondicionador
m. 潤髮乳

el gel de ducha
m. 沐浴乳

la espuma de afeitar
f. 刮鬍泡

la compresa

f. 衛生棉

el salvaslip

m. 護墊

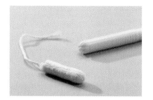

el tampón

m. 衛生棉條

- 清潔用品 los productos de limpieza

el detergente líquido

m. 洗衣精

el detergente en polvo

m. 洗衣粉

el ambientador

m. 室內芳香劑

la lejía

f. 漂白水

el limpiador para cristales / el limpiacristales

m. 玻璃清潔劑

el lavavajillas

m. 洗碗精

03 購買、付帳 comprar y pagar

06-1-5.mp3

在決定購買、結帳時會做些什麼？

elegir
選擇

pesar
秤重

mirar el precio
看價錢

calcular
計算

pagar
付帳

pagar en efectivo
付現

**pagar con tarjeta
de crédito**
刷卡

**devolver el
cambio**
找錢

contar dinero
數錢

Los grandes almacenes 百貨公司

06-2-1.mp3

這些應該怎麼說？

百貨公司配置

① **el dependiente /**
la dependienta m./f. 專櫃人員

② **el cliente / la clienta** m./f. 顧客

③ **la sección femenina** f. 女裝部

④ **la sección masculina** f. 男裝部

⑤ **la sección de cosméticos**
f. 化妝品區

⑥ **el puesto de joyería**
m. 珠寶櫃

⑦ **la sección de calzado**
f. 鞋類區

⑧ la sección de marroquinería f. 皮件部

⑨ el mostrador m. 展示櫃

⑩ el maniquí m. 展示衣服的假人模特兒

百貨公司裡還有賣什麼呢？

06-2-2.mp3

el electrodoméstico
m. 家電

los accesorios
m. 飾品配件

la ropa de cama
f. 寢具（紡織品類）

la ropa deportiva
f. 運動服飾

la batería de cocina
f. 炊具類

el producto electrónico
m. 電子產品

el traje formal
m. 正式服裝

la decoración de casa
f. 居家擺飾

el reloj
m. 手錶

> 百貨公司裡還有哪些常見的場所？

el mostrador de información
m. 諮詢服務台

el toilet / el servicio
m. 廁所

la escalera (mecánica)
f. 樓梯（電扶梯）

el ascensor
m. 電梯

el aparcamiento* / el estacionamiento
m. 停車場

la sección de ropa infantil / ropa para niños
f. 嬰／童裝部

la sección de los juguetes
f. 玩具部

la sección de ropa interior / de lencería
f. 內衣用品部

*aparcamiento 為西班牙國內用語，也有西班牙人稱停車場為「el parking」。中南美洲大部分國家稱停車場為 estacionamiento。

◆ **Tips** ◆

慣用語小常識：布料篇

ir como la seda「像絲綢一樣順利進行」

衣服會隨著不同的布料而產生各種質感、線條與輪廓，而衣服的材質標籤上最常見的應該就是棉（el algodón）、羊毛（la lana）、絲（la seda）和聚酯纖維（el poliéster）了。而在西班牙語中，有一句口語的慣用語「ir como la seda」，是比喻事情進展得很順利，就像質感柔順的絲綢一樣，毫無阻礙地滑過。

Espero que todo vaya como la seda y podemos entregarle al cliente este paquete urgente a tiempo.
我希望一切順利，我們能夠及時把這個緊急包裹交到客戶手上。

01 買精品 comprar los productos de marca de lujo

百貨公司常見的精品有哪些呢？西班牙語怎麼說？

06-2-3.mp3

la camiseta f. T 恤

el traje de tres piezas
m. 三件式西裝（外套、長褲、背心）

el sombrero m. 帽子

la falda f. 裙子

el pantalón / los pantalones
m. 褲子
（兩種說法都可以表示「一條褲子」，但在
美洲則傾向於用單數的 pantalón 來表達）

el bolso m. 手提包

el monedero m. 零錢包

la cartera f. 皮夾

el perfume m. 香水

la prenda / la ropa f. 衣服
（prenda 是一件一件、可數的服飾；ropa
則是衣服的總稱，通常是不可數名詞）

la camisa f. 襯衫

la corbata f. 領帶

el cinturón m. 皮帶

los zapatos m. 鞋子

el anillo m. 戒指

el collar m. 項鍊

la pulsera f. 手環

los cosméticos m. 化妝品

◆ Capítulo 2
Los grandes almacenes 百貨公司

西班牙有哪些知名的大眾品牌呢？

說到西班牙的知名服飾品牌，第一
個想到的應該會是 Zara。Zara 隸屬
於西班牙排名第一、全球規模最大
的服飾集團 Inditex。Zara 的門市大
多有一定的規模，男裝、女裝、童
裝都有種類眾多的品項，而且會在
同一個季度中頻繁地推出新品、出
清舊品，再加上款式緊跟最新時尚
元素，卻以親民的價格販售，使得

▲ Inditex 集團旗下的品牌

Zara 成為風靡全球的快時尚品牌。除了面對全客群的 Zara 以外，Inditex 的另一個品牌 Pull & Bear 則是以青少年作為主要的目標客層，以街頭休閒風格為主，價格則比 Zara 更加低廉。Pull & Bear 的產品給人相當美式的印象，牛仔服飾系列是品牌的重心之一，店內的品項也像 Zara 一樣頻繁汰換，讓顧客隨時都有新鮮感和期待感，而願意經常到門市光顧。另外，主打女性內睡衣的 Inditex 旗下品牌 Oysho，也是在西班牙不能錯過的品牌。以舒適、可愛、性感及時尚為設計理念的 Oysho，讓不同身形及品味的女性，都能在這裡找到適合她們的內衣及家居服飾。Oysho 的門市以淡雅的室內裝潢襯托各種粉嫩色系的產品，各式各樣的內睡衣相關品項，讓女孩們沉浸在粉紅泡泡的夢幻裡。

除了 Inditex 集團以外，以顏色鮮艷、風格獨特及追求創新為目標的品牌 Desigual，也有許多熱情支持者。創立於 1984 年，總部位於巴塞隆納的 Desigual，最讓人印象深刻的，應該就是大膽的用色，以及與市場上常見風格不同的設計。就如同 Desigual（與眾不同）這個品牌名稱所顯示的，它充滿歡樂、活力及各種色彩的風格，帶給顧客不同於其他品牌的獨特時尚。

最後要介紹給大家的，是上班族女性最愛的 Mango。Mango 創立於巴塞隆納附近的 Palau-solità i Plegamans，主要客群是 18 到 40 歲的都會女性。Mango 的服裝在簡單俐落的同時，也能強調女性的曲線，而且顏色百搭、款式時尚，無論是工作或休閒的服飾，都可以在 Mango 找到。除了衣服以外，Mango 也有各種可搭配的皮包、手拿包、側背包等等，還有太陽眼鏡、鞋子、手環等等的配件可供選擇。

••• 02 促銷活動 las promociones

常見的折扣活動有哪些？西班牙語怎麼說呢？

06-2-4.mp3

1. **las rebajas de verano** 夏季折扣
2. **las rebajas de invierno** 冬季折扣
3. **la promoción de aniversario**
   週年慶促銷活動
4. **la liquidación por fin de temporada** 季末出清

> oferta, descuento, promoción, liquidación, rebajas 有何不同？

每年的折扣季一到，各個店家的櫥窗就會貼上大大小小的折扣海報。海報上可能會寫著 ofertas（優惠價格）、super ofertas（超級優惠價格）、oferta especial（特別優惠價格），其中的 oferta 是指店家提供比其他時間或其他店家優惠的價格。第二種是 descuento，例如 70% de descuento，或者直接寫成 -70%，意思是扣除定價的 70%，也就是中文所說的 3 折。打折季剛開始的時候，折扣幅度比較小，而到了接近折扣季尾聲時，下殺到 3 折是很常見的。第三種是 promoción（促銷活動），指的是某些品項有優惠的價格，或是合併購買有優惠。最常見的就是寫著「2x1」的標示，指的是買一送一，西班牙語的說法是 compra dos paga uno 或 lleva dos paga uno（買兩樣商品，只需要付一個商品的價格）。第四種是 liquidación（出清），可分為全部出清或是部分商品有出清價。最後一個就是 rebajas（降價、折扣季）。每年的 1 月 7 日是冬季的折扣季開始，而 7 月 1 日是夏季的折扣季開始。每當折扣季開始的時候，就會看到報章雜誌、大街小巷的店家都貼出大大的 Rebajas 字眼，宣告折扣季活動正式展開。

◆ Tips ◆

文化小常識：la cuesta de enero「一月的爬坡」

西班牙的 12 月到 1 月份是聖誕節到三王節的假期，西班牙人會在聖誕節前開始準備禮物，也會開始慢慢採買假期期間需要的食材和用品。到了 1 月份的時候，父母會準備三王節送給小朋友的禮物，就如同聖誕節準備聖誕禮物一樣。一連串的節慶慶祝、聚餐和送禮，對西班牙人來說就是一連串的荷包大失血。這段時間的大量花費，使得開始正常工作後，生活上過得有些拮据，所以西班牙人把 1 月的個人財務狀況稱為 la cuesta de enero（一月的爬坡），比喻生活過得有點吃力，就像在爬坡一樣。

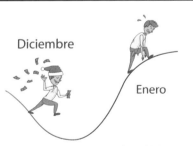

227

Capítulo 3

La tienda en línea 網路商店

06-3-1.mp3

這些應該怎麼說？

網路商店配置

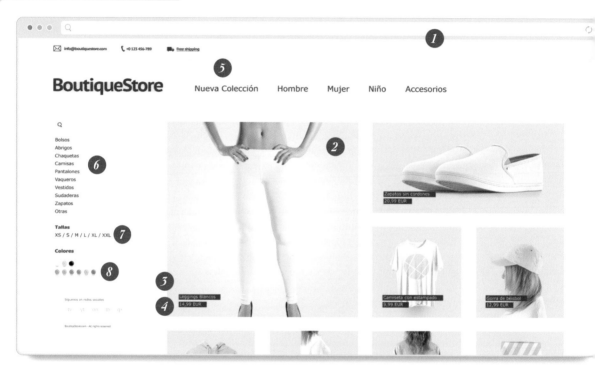

① **la tienda en línea / online / virtual** f. 網路商店

② **la foto de producto** f. 商品圖

③ **el nombre de producto** m. 商品名稱

④ **el precio** m. 價格

⑤ **la categoría** f. 分類

⑥ **el estilo** m. 款式

⑦ **la talla** f. 尺碼

⑧ **el color** m. 顏色

※ 補充：

1. **la marca** f. 品牌

2. **el vendedor / la vendedora** m./f. 賣家

3. **el material** m. 材質

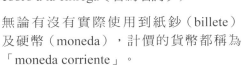

◆ Tips ◆

慣用語小常識：pagar con la misma moneda

在購物時，除了信用卡付款（pagar con la tarjeta de crédito）、線上轉帳付款（pagar mediante la transferencia en línea），還可以使用貨到付款（pago contra reembolso / cobro a la entrega〔皆為名詞〕）。

無論有沒有實際使用到紙鈔（billete）及硬幣（moneda），計價的貨幣都稱為「moneda corriente」。

西班牙語也有一個和硬幣有關的慣用語：pagar con la misma moneda。字面上的意思是「用同樣的硬幣支付」，實際上則是「以牙還牙，以眼還眼」的意思，也就是和 ojo por ojo, diente por diente 同樣的意思。

在網路商店可以看到哪些常見的用語呢？

在網路商店上，經常會看到吸引顧客購買的促銷標語。例如，當店家有新商品上市販售，或者歌手發行新專輯時，可以看到斗大的「¡Ya a la venta!」，意思就是「販售中、現已上市」。除了全新商品以外，當主力商品或受歡迎的商品再次上架時，也會打出這個標語，讓顧客一眼就能看到。

而在購物時，除了「加入購物車〔籃、袋〕」（añadir/agregar al carrito de compra [a la cesta, a la bolsa]）以外，還有「直接購買」（compra ya）的選項，點選後就能直接進入結帳頁面。如果想要買的產品顯示「無現貨」（no disponible），也可以「加入希望購買清單」（añadir/agregar a la lista de deseos）。已經加入網路商店會員的人，可以點選「我的個人資料」（Mi perfil），查看「訂單狀況」（estado de pedido）、「更改個人資料」（modificar el dato personal）。

網路購物和實體通路的價格，有些時候會有不同，有些店家會特別提供優惠給網路購物的消費者，或者反過來標示「不適用於網路購物」（No disponible online）。

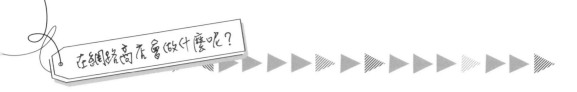

••• 01 瀏覽商店 navegar por las tiendas en línea

常見的商品種類有哪些？西班牙語怎麼說？

06-3-2.mp3

① **la ropa/prenda de hombre** f. 男裝／男性服飾

② **la ropa/prenda de mujer** f. 女裝／女性服飾

③ **los zapatos de hombre/caballero** m. 男鞋

④ **los zapatos de mujer** m. 女鞋

⑤ **la ropa para niños** f. 童裝

⑥ **el juguete** m. 玩具

⑦ **el ordenador** m. 電腦

⑧ **el teléfono móvil** m. 手機

⑨ **los accesorios de informática** m. 電腦周邊

⑩ **la impresora** f. 印表機

⑪ **la cámara** f. 相機

⑫ **la cámara de vídeo** f. 攝錄影機

⑬ **la televisión** f. 電視機

⑭ **los (aparatos) electrodomésticos** m. 家用電器

⑮ **los muebles** m. 家具

⑯ **el equipamiento audiovisual** 視聽設備

⑰ **la marroquinería** f. 皮件（總稱）

⑱ **los productos deportivos** m. 運動用品

⑲ **las joyas** f. 珠寶

⑳ **los accesorios** m. 配飾

㉑ **los productos de maquillaje** m. 美妝用品

㉒ **los materiales de papelería** m. 文具

㉓ **los artículos de fiesta** m. 派對用品

㉔ **los accesorios para autos** m. 汽車用品

㉕ **los accesorios para motos** m. 機車用品

㉖ **los libros** m. 圖書

㉗ **las consolas de videojuegos** f. 遊戲機

㉘ **los productos para mascotas** m. 寵物用品

㉙ **los productos de bricolaje** m. DIY 用品

㉚ **los productos de jardinería** f. 園藝用品

在購物網站建立個人資料時，會出現哪些西班牙文？

- 以西班牙超市「Alcampo」的購物網站為例

❶ **identifícate / iniciar sesión** 登入

❷ **DNI (documento nacional de identidad)** 國民身分證（號碼）
NIE (número de identidad de extranjero) 外國人身分編號
CIF (certificado de identificación fiscal) 企業稅號

❸ **la contraseña** f. 密碼

❹ **¿Olvidaste la contraseña? / ¿Has olvidado la contraseña?**
忘記密碼？

❺ **Si aún no eres usuario, crea tu cuenta**
如果你還不是用戶，建立你的帳戶

※ 補充：

1. **el nombre de usuario** m. 用戶名稱
2. **recuérdame** 記住我（保留登入資訊）
3. **registrarse** 註冊

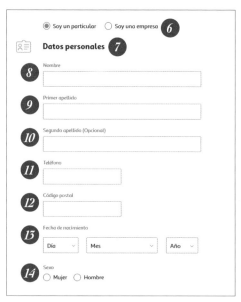

6 **Soy un particular**
我是個人（身分）

Soy una empresa
我是企業（身分）

7 **los datos personales**
m. 個人資料

8 **el nombre** m. 名字

9 **el (primer) apellido**
m.（第一）姓氏

10 **el segundo apellido**
m. 第二姓氏（通常指母姓）

opcional 選擇性的（非必填）

11 **el teléfono** m. 電話
12 **el código postal** m. 郵遞區號
補充：**la dirección (del envío)** f.（寄送）地址
el país m. 國家
13 **la fecha de nacimiento** f. 出生日期
el día/mes/año m. 日／月／年
14 **el sexo** m. 性別
la mujer / el hombre f./m. 女／男

⑮ los datos de identificación
m. 認證（登入）資訊

⑯ el tipo de documento
m. 身分證明文件類型

el pasaporte m. 護照

⑰ el número (de) documento
m. 身分證明文件號碼

⑱ el email / el correo electrónico m. 電子郵件（位址）

⑲ confirmar email
m. 確認電子郵件（位址）

⑳ He leído y acepto los condiciones generales y la Política de Privacidad 我已閱讀並接受一般條款及隱私權政策

㉑ Acepto recibir comunicaciones comerciales generales y personalizadas sobre los productos y promociones de ALCAMPO o de terceros (incluidas ofertas y descuentos)
我願意收到關於 ALCAMPO 或第三方之產品及促銷的一般及個人化廣告訊息（含優惠與折扣）

㉒ Unirme a Alcampo.es 加入 Alcampo.es

※ 補充：

1. **ayuda** 幫助（相關說明）

2. **volver a la página anterior** 回上一頁

3. **confirmar** 確認

06-3-3.mp3

在網路商店購物，有哪些步驟？

buscar
搜尋（東西）

agregar al carrito de compra
加入購物車

tramitar el pedido
處理訂單（結帳）

añadir el dato de envío del pedido
新增訂單配送資訊

continuar
繼續

seleccionar forma de pago
選擇付款方式

comprobar el pedido
確認訂單

el pedido realizado
訂購完成

查詢訂單狀態時，會看到哪些西班牙文？

❶ (pedido) aceptado 店家接到訂單

❷ en proceso de preparación
準備中

❸ entrega en curso 配送中

❹ (producto) entregado
商品已送達

❺ pedido completado
訂單完成

PARTE VII
La comida y la bebida 飲食

1 **la máquina de café** f. 咖啡機
衍 **la cafetera** f. 咖啡壺
2 **el cartel de menú** m. 菜單看板

3 **el escaparate frigorífico** m. 冷藏展示櫃
4 **los productos** m. 商品
5 **la estantería** f. 架子

⑥ el zumo m. 果汁

⑦ los pasteles 蛋糕

⑧ el café m. 咖啡

⑨ el sándwich 三明治

⑩ la comida ligera 輕食

⑪ la bollería 麵包類食品

⑫ el cliente / la clienta
m./f. 男顧客／女顧客

⑬ el asiento m. 座位

⑭ la revista 雜誌

⑮ el precio 價格

◆ **Tips** ◆

文化小常識：在西班牙喝咖啡

在台灣，無論是連鎖或是私人的咖啡館，都會提供各式各樣的冷熱花式咖啡，以及無咖啡因的花草茶供顧客選擇。但遠在歐洲的西班牙，咖啡館提供的飲品和服務就有些不同。

在西班牙，除了馬德里、巴塞隆納這樣的大城市以外，連鎖咖啡店（例如 Starbucks）並不那麼多，甚至沒有在大城市以外的地區展店，所以市場上以一般的獨立咖啡店居多，而這種店通常只會提供幾種基本類型的咖啡。一般來說，西班牙人習慣喝熱的咖啡，依據咖啡濃度、外加牛奶與否及份量多寡大致可分為 café solo (café americano) 黑咖啡（美式咖啡）、café con leche 咖啡加牛奶（一半咖啡一半牛奶）以及 café cortado 告爾多咖啡（2/3 expreso〔濃縮咖啡〕加上 1/3 熱牛奶）。通常，如果點要加入牛奶的咖啡飲品，服務生會先端上一杯未裝滿的黑咖啡，然後在顧客面前將熱牛奶倒入杯中，並且在咖啡盤邊附上糖包。如果是點冰咖啡（café con hielo），服務生會給一杯熱咖啡，再附上一杯冰塊，讓顧客自行添加。比較不同的是，無咖啡因的咖啡在台灣的咖啡館不算常見，但是在西班牙是每家咖啡館都會提供的咖啡選項。如果想要喝無咖啡因的咖啡，可以向服務人員說：Quiero un café descafeinado.（我想要一杯無咖啡因咖啡）。服務生通常會再進一步詢問：¿De máquina o de sobre?（是機器沖泡的還是即溶咖啡包泡的）。

在台灣咖啡館喝咖啡，一杯熱拿鐵的價格從 60-120 元不等；在西班牙，相同的一杯咖啡飲品從 1 歐元到 2.5 歐元不等（約 30-85 元台幣），價錢會隨著城市的經濟水平和咖啡館的等級而有所不同。

01 點咖啡 pedir café

07-1-2.mp3

咖啡的沖製方法和種類有哪些？用西班牙語要怎麼說？

- 沖製方法 el método para preparar un café

el café instantáneo
m. 即溶咖啡

el café filtrado
m. 手沖咖啡，滴濾式咖啡

la cafetera Moka
f. 摩卡壺

la máquina de café expreso
f. 義式濃縮咖啡機

- 咖啡種類 los tipos de café

el expreso
m. 義式濃縮咖啡

el café americano / el café solo
m. 美式咖啡

el capuchino
m. 卡布奇諾

el café Moka
m. 摩卡咖啡

el café cortado
m. 告爾多咖啡

el café irlandés
m. 愛爾蘭咖啡

el café bombón
m. 煉乳咖啡

el café con hielo
m. 冰咖啡（咖啡附冰塊）

el café helado
m. 冰咖啡（加糖、奶、冰塊調好的咖啡）

el café con leche
m. 牛奶咖啡

el café Latte
m. 義式拿鐵咖啡

el café vienés
m. 維也納咖啡

el café Macchiato
m. 瑪奇朵咖啡

el expreso con panna
m. 康保藍咖啡

註：西班牙的「café con leche」以濃縮咖啡、牛奶各半的比例調製，義式拿鐵咖啡則
　　是 1/3 的濃縮咖啡加上 2/3 的牛奶。

◆ Tips ◆

生活小常識：咖啡杯篇

相較於台灣，西班牙喝咖啡的人口還是
比較多的。一天當中，無論早晨醒來、
午餐前的休息時間，或是和朋友相聚時
的下午茶時光，咖啡都是不可或缺的最
佳配角。在咖啡館點咖啡，服務人員不
會特別詢問需要大杯或是小杯的咖啡，
大多數的咖啡館會針對不同的飲品，用

固定使用的杯子盛裝。一般來說，西班牙人喝咖啡都會在咖啡館或是酒吧，很少外帶咖啡或是飲品。因此，就連想要買罐裝咖啡，也不是每間超市都買得到。除非是 Starbucks 這種外來的美式咖啡館，才提供外帶咖啡的服務。

以馬德里來說，除了 Starbucks 以外，還有其他幾家知名的連鎖咖啡館，像是 Faborit, Juan Valdez Café, Café & Té 等等，在這類連鎖咖啡館點飲料，和一般西班牙當地的咖啡館就有些不同。除了要自己到櫃檯點餐結帳之外（Café & Té 除外），服務人員也會詢問飲料的大小是大（grande）、中（mediano）或小（pequeño）。不過，Starbucks 則是和全世界的分店一樣，採用自己獨特的尺寸系統：venti（20 盎司特大杯，名稱取自義大利語的數字 20）、grande（大杯）、alto（中杯，是從英語名稱「tall」翻譯而來）。Starbucks 還有一個更小容量的杯型 corto（小杯，從英語名稱「short」翻譯而來），通常不會標示在板子上，但還是可以向店員點購。這類連鎖咖啡館，和台灣連鎖咖啡館的經營方式很接近，除了可以提供外帶之外，冰咖啡及花式咖啡的種類也比較多。

飲用咖啡的添加品

la leche 牛奶　　**la crema** 鮮奶油　　**el/la azúcar** 糖

el hielo 冰塊　　**el caramelo** 焦糖　　**el jarabe** 糖漿

07-1-3.mp3

在咖啡廳裡常見的輕食有哪些？

la tortilla de patatas
f. 馬鈴薯烘蛋

el bocadillo
m. 小潛艇堡

el sándwich
m. 三明治

el cruasán con jamón y queso
m. 起司火腿可頌

la chapata de pollo
f. 雞肉巧巴達

la napolitana con chocolate
f. 巧克力拿坡里麵包

el bizcocho
m. 海綿蛋糕

la quiche
f. 法式鹹派

el churro con chocolate
m. 細油條（吉拿棒）配巧克力

la pizza
f. 披薩

el dónut
m. 甜甜圈

el helado
m. 冰淇淋

el gofre
m. 格子鬆餅

el pastel/la tarta de fresa
f. 草莓蛋糕（或派）

el pastel/la tarta de manzanas
f. 蘋果派

la magdalena
f. 杯子蛋糕

la tarta de queso
f. 起司蛋糕

el brownie
m. 布朗尼

el tiramisú
m. 提拉米蘇

el rollo/pan de canela
m. 肉桂捲

la palmera de chocolate
f. 巧克力蝴蝶酥

la croqueta
f. 可樂餅

la empanada
f. 餡餅

la tostada
f. 烤吐司

El restaurante 餐廳

07-2-1.mp3

① **el restaurante** m. 餐廳		**⑧** **la cuchara** f. 湯匙
② **el asiento** m. 座位		**⑨** **la taza** f. 茶杯、馬克杯
③ **la silla** f. 椅子		**⑩** **el plato** m. 盤子
④ **el sofá** m. 沙發		**⑪** **la servilleta** f. 餐巾
⑤ **la mesa** f. 桌子		**⑫** **el pimentero** m. 胡椒罐
⑥ **el tenedor** m. 叉子		**⑬** **el salero** m. 鹽罐
⑦ **el cuchillo** m. 刀子		**⑭** **el expositor de vino** m. 酒櫃

⑮ **la barra** f. 吧台
⑯ **la pintura** f. 畫作
⑰ **la alfombra** f. 地毯
⑱ **la cortina** f. 簾幕
⑲ **el mantel** m. 桌布

⑳ **el vaso** m. （筒狀的）水杯
㉑ **la copa** f. （有支撐腳的）酒杯
㉒ **la carta** f. 菜單
㉓ **el molino de café** m. 咖啡研磨機

◆ **Tips** ◆

慣用語小常識：關於麵包的慣用語

pan（麵包）是西班牙人每天佐餐的主食，從早到晚，無論是搭配肉類還是魚類，甚至是去小酒館吃 tapas（小菜），服務生都會準備一小籃的切片麵包在桌上，供客人佐餐享用。雖然這些麵包並不是隨餐附贈，幾乎都是要付費的，但因為西班牙人每餐一定會吃，所以才有這種不用點就會上麵包的默契。麵包在西班牙人生活中的地位，就如同米飯對我們一樣重要。因此，有一句西班牙的口語表達就和 pan 有關。如果聽到西班牙人說 Es el pan de cada día.，字面上的意思是「這是每天的麵包」，但其實他的意思是指「這是每天都要做的事」或者「這是很基本、一般、常有的事」。例如：Para aprobar el examen de DELE, estudiar español es el pan de cada día.（為了通過西班牙語能力檢定考試，讀西文是每天一定要做到的事。）

另外一個也是和麵包有關的慣用語，叫做 ser pan comido。其來源也和麵包是西班牙人最常也是最容易食用的食物有關。當我們形容某件事 es pan comido（被吃的麵包）時，代表著「某件事很容易做到」，就如同食用麵包一樣，不需要刀叉或是任何餐具，就可以輕鬆的吃麵包。

Cocinar es pan comido para mi abuela. Lleva más de 30 años cocinando para toda la familia. 烹飪對我奶奶來說，是一件非常輕鬆容易的事情。這 30 多年來，都是她為我們全家人準備三餐的。

在餐廳會做什麼呢？

⋯ 01 點餐 pedir

07-2-2.mp3

如何在西班牙餐廳點餐

在西班牙的餐廳用餐，通常服務生會提供單點（la carta）及套餐（el menú）兩種不同的菜單。套餐提供的餐點分為三大類：

・第一道菜（el primer plato）：也就是所謂的前菜（la entrada）
・第二道菜（el segundo plato）：也就是主菜（el plato principal/fuerte）
・甜點（el postre）

每一個類別當中，都會提供 3-5 個品項讓顧客選擇。除此之外，飲料（la bebida）部分最常見的是礦泉水（el agua mineral）、可口可樂（la cola）、百事可樂（la pepsi）、果汁（el zumo）、咖啡（el café）、茶（el té）及花草茶（la infusión）。值得一提的是，在西班牙的酒吧及餐廳用餐，水和麵包都不是免費提供，而用餐完之後，還會習慣把一些找零後的零錢留在放收據的小盤上，當作給服務生的小費。

① 第一道菜 el primer plato

在西班牙餐廳常見的第一道菜（前菜），大多以沙拉（la ensalada）、湯品（la sopa）、火腿或起司拼盤（el surtido de jamones o quesos）或是輕食（la comida ligera）為主。

la ensalada mixta
f. 綜合沙拉

el surtido de quesos
m. 起司拼盤

la sopa de pollo
f. 雞湯

el consomé de pollo
m. 雞肉清湯

los espárragos con mayonesa
蘆筍佐美乃滋

el gazpacho
西班牙番茄冷湯

las alubias con morcillas
血腸豆子湯

las patatas a la riojana
利歐哈式
燉馬鈴薯

② 第二道菜 el segundo plato

第二道菜就是所謂的主菜，大致可分為飯麵主食類，以及魚肉類及海鮮類。各地有其當地特有的調味或烹飪方式，但大致上都會用蔬果、豆類及馬鈴薯佐主餐的方式呈現。

◆魚及肉類

la chuleta de cerdo
豬排

el filete de ternera (el bistec)
m. 牛排

el rabo de toro
m. 牛尾

el pollo a la parrilla
m. 烤雞

el bacalao
m. 鱈魚

el conejo
m. 兔肉

el pavo
m. 火雞肉

el cordero
m. 羊肉

247

◆飯及麵類

la paella
f. 西班牙海鮮飯

el risoto
m. 義大利燉飯

los macarrones con tomate
m. 紅醬筆管麵

los tallarines a la crema de marisco
m. 白醬海鮮麵

③ 甜點 el postre

在西班牙的餐廳，除了套餐菜單上可以看到可供選擇的甜點選項，也有餐廳會提供另外一份甜點的菜單，可供顧客選擇。最常見的品項就是冰淇淋、布丁及蛋糕。

el helado (de vainilla)
m.（香草）冰淇淋

el flan
m. 布丁

el arroz con leche
m. 米布丁

las natillas
f. 卡士達

la tarta casera
f. 本店特製蛋糕

la cuajada
f. 奶酪

el yogur
m. 優格

la fruta
f. 水果

④ 飲料 la bebida

◆非酒精性飲料 bebidas sin alcohol

el café
m. 咖啡

el té
m. 茶

el zumo/jugo*
m. 果汁（*拉美用語）

el refresco
m. 汽水

la infusión
f. 花草茶

el mosto
m. 葡萄汁

◆酒類 bebidas alcohólicas

la cerveza
f. 啤酒

el vino tinto/blanco
m. 紅／白酒

el champán
m. 香檳

el vino rosado
m. 粉紅酒

la sangría
f. 水果酒

la sidra
f. 蘋果酒

慣用語小常識：更多關於食物的慣用語

estar como un flan / ser un flan 很緊張

flan（布丁）是西班牙餐後甜點中很常見的一個品項。除了布丁以外，同樣以雞蛋、牛奶和糖製成的類似甜點還有卡士達醬、烤布丁、蛋糕等等，都常出現在餐廳或咖啡館的甜點單裡。estar como un flan / ser un flan 則是比喻一個人很緊張的樣子，字面上是「像布丁一樣」，意思就是因為緊張而像搖動布丁一樣發抖。例如：Estaba como un flan / Era un flan en la conferencia de ayer.（她在昨天的會議上很緊張。）

Son lentejas, las tomas o las dejas 要就接受，不要就只能放棄

在台灣，我們常吃到的豆子大多是做成豆漿、豆腐及豆皮的黃豆，以及做成甜點的紅豆、大豆或綠豆。在西班牙常吃的豆類和台灣很不一樣，常見的是鷹嘴豆（los garbanzos）、菜豆（las alubias）及扁豆（las lentejas）等等，經常搭配火腿或其他肉類一起烹煮，是西班牙家庭和餐廳很常出現的道地菜色。或許因為扁豆長久以來都是不可或缺的重要食材，所以有句俗語說「… son lentejas, las tomas o las dejas」（…是扁豆，你要不就吃，要不就拋棄），比喻某樣東西、事情或概念有如扁豆一樣，必須接受它就是如此，不然就只能放棄。例如：La vida son lentejas, si quieres las tomas, si no las dejas.（人生有如扁豆，如果你想要就必須好壞全盤接受，要不就全部拋棄。）這個慣用語也有另一種說法「… son lentejas, (comidas de viejas,) si quieres las comes, y si no las dejas.」，其中「comidas de viejas」字面上的意思是「老太太的食物」。或者，只說「… son lentejas」也可以表達同樣的意思。

02 用餐 comer

餐具（los cubiertos）的介紹

在西班牙餐廳或在家宴客用餐，正式的餐具擺放位置是很重要的。有別於
台灣簡單的個人餐具（每個人一副碗筷，或者加上小碟子和湯碗），正式
西餐餐具有各種用途不同的刀、叉、盤子和杯子，不能混用或替代。以下
就分別介紹各種正式餐具的西班牙名稱。

◆餐桌左側

餐巾通常會放在餐盤及餐具的最左側，方便用餐完畢之後使用。有些時候
也會將餐巾用餐巾套環（el anillo）套住，或是折成扇形放在餐盤的正上方，
用來裝飾餐桌。

依照上菜的順序，由外側的餐具開始往內側使用。第一道菜（前菜）為開
胃菜，或是沙拉類的餐點，相較於主餐或是吃魚或肉類主食使用的叉子，
沙拉叉的叉齒會比較短，中等長度且叉齒呈平扁形的是魚叉，最長的為主
餐叉（用來食用主餐或是肉類的主餐）。

① **la servilleta** 餐巾

② **el tenedor de ensalada** m. 沙拉叉

③ **el tenedor de pescado** m. 魚叉

④ **el tenedor de mesa** m. 主餐叉

◆餐桌中間

盤子放在用餐者的正前方，在正式的情況下，會先放一個底盤，上面再放上真正盛裝食物的餐盤或碗。底盤本身不盛裝食物，而是作為裝飾。在開始用餐之前，會把沙拉盤和湯盤疊放在底盤上。

5 **el bajoplato** m.（裝飾用）底盤

6 **el plato de ensalada** m. 沙拉盤

7 **el plato de sopa** m. 湯盤

◆餐桌右側

刀子擺在餐盤的右手邊，主要因為大多數的人習慣左手拿叉、右手拿刀。切肉刀通常比切魚刀來得鋒利些，分辨起來不會太困難。

8 **el cuchillo de carne** m. 切肉刀

9 **el cuchillo de pescado** m. 切魚刀

10 **la cuchara (de mesa)** f. 湯匙

11 **el cuchillo de ensalada** m. 沙拉刀

12 **la cucharilla** f. 茶匙

13 **la taza de café** f. 咖啡杯

◆餐盤左前方

14 **el plato de pan** m. 麵包盤

15 **el cuchillo/untador para mantequilla** m. 奶油刀

◆餐盤正上方

16 **el tenedor de postre** m. 甜點叉

17 **la cuchara de postre** f. 甜點湯匙

18 **el cuchillo de postre** m. 甜點刀

◆餐盤右上方

19 **la copa de agua** f. 水杯

20 **la copa de cava** f. 香檳杯

㉑ **la copa de vino tinto** 紅酒杯

㉒ **la copa de vino blanco** 白酒杯

㉓ **la copa de jerez** 雪莉酒酒杯

其他：

1. **el plato hondo/llano** 深盤／淺盤（開始用餐前，深盤疊在淺盤上面，這時通常就是湯盤和沙拉盤）

2. **la taza de sopa** 湯碗

3. **el tenedor de marisco** 海鮮叉

4. **el tenedor de ostras** 生蠔專用叉

5. **la cesta de pan** 麵包籃

6. **la mesa reservada** 已有人預訂的桌位（已訂位的桌子會放上「mesa reservada」或「reservada」的牌子，但也常會忽略被修飾事物的陰陽性，而用陽性的「reservado」來表示）

杯子的種類和相關物品

el vaso
筒狀的玻璃杯

la copa
有支撐腳的杯子

la taza
陶瓷類、有把手的杯子
（含馬克杯）

la copa para cóctel
雞尾酒杯

la caña
小啤酒杯

el plato para café/té
咖啡杯碟／茶杯碟

♦ Tips ♦

生活小常識：用刀叉擺放的位置來傳達訊息

西餐禮儀當中，餐具的擺放位置（la posición de los cubiertos）代表著不同的意思，賓客可以藉此傳達一些訊息，可說是一種「餐具語言」（el lenguaje de los cubiertos）。以下介紹常用的幾種表達方式：

❶ 開始用餐　empieza
❷ 暫停一下　pausa
❸ 下一道菜　siguiente plato
❹ 非常美味　excelente
❺ 用餐完畢　ha terminado
❻ 不合胃口　no le gusta

••• 03 付帳 pagar

07-2-4.mp3

結帳時常見的東西有哪些？

la propina
f. 小費

el recibo
m. 收據

el plato de cambio
m. 找零盤

la cuenta
f. 帳單

常見的付款方式有哪些呢？

pagar con cupón de descuento
用折價券支付

pagar con cheque
用支票結帳

pagar en efectivo
現金支付

pagar sin contacto
感應支付

pagar con tarjeta de crédito
用信用卡支付

pagar a medias
平分帳單

你知道嗎？ ▶▶▶▶▶▶▶▶▶▶

在西班牙的餐廳結帳時，應該給小費嗎？

一般來說，在西班牙的餐廳用餐過後，都可以招手呼喚服務生來幫忙結帳。顧客會根據自己用餐過程中對於餐點、服務品質及送餐速度等等的感受，來決定是否要給小費，以及給多少小費來給予肯定及讚賞。如果是以現金結帳，通常會在離開的時候，將找回來的零錢留下約 1-2 歐元在找零盤上當小費。如果對於服務生的服務及餐點各方面都很滿意，甚至有可能會給小面額的紙鈔（例如 5 歐元）當作小費。如果是用其他方式結帳，也可以額外給小費。不過，在西班牙的餐廳用餐文化當中，並沒有一定要給小費的習慣，金額方面也沒有一定的慣例，大家不用擔心因為沒給或少給小費而顯得失禮。

El bar 酒吧

07-3-1.mp3

這些應該怎麼說？

酒吧內配置

---

1 **el bar** m. 酒吧

2 **la barra** f. 吧台

3 **el taburete** m. 高腳椅，凳子

4 **el sofá** m. 沙發

5 **la butaca** f. 扶手椅

6 **el cojín** m. 靠墊

7 **el camarero / la camarera**
　　m./f. 調酒師（和「服務生」相同的單字）

8 **el cliente / la clienta** m./f. 顧客

⑨ el licor 烈酒

⑩ el soporte para copas
　置杯架

⑪ la cubitera 冰桶

⑫ el fregadero 水槽

⑬ el escurridor 瀝水架／盤

**⑭ el dispensador para
cerveza** 生啤酒機

⑮ el exprimidor
　（擠壓柳橙之類的）榨汁機

補充：**la licuadora**
　（用底座的刀片攪碎的）果汁機

el extractor de zumo
　（直接磨碎食材的）蔬果汁萃取機

⑯ el dispensador de agua
　飲水機

⑰ la encimera 流理台

⑱ la jarra/caña de cerveza
　啤酒杯（註：jarra 可指國際上常見、
有把手的大啤酒杯，但在西班牙通常
以 200ml 左右的小杯子「caña」作為
一份啤酒的單位）

⑲ la copa de vino 葡萄酒杯

⑳ el cenicero 菸灰缸

常見的調酒工具（los utensilios de coctelería）

① **la cucharilla de bar**
f. 調酒長茶匙

② **la cuchara** f. 湯匙

③ **el colador**
m.（一般的）過濾器

④ **la coctelera** f. 雞尾酒搖杯

⑤ **la mano de mortero para coctelería** f. 調酒搗棒

⑥ **el medidor de coctelería** m. 量酒器

⑦ **el colador de cóctel**
m. 雞尾酒濾酒器

⑧ **el rallador de limón**
m. 檸檬皮刨絲刀

⑨ **el vaso medidor** m. 量杯

⑩ **la coctelera Boston**
f. 波士頓搖酒杯（和玻璃杯構成一組的搖杯）

⑪ **el vertedor de botella**
m. 酒嘴

⑫ **el cuchillo de bar** m. 酒吧刀

⑬ **la pinza de hielo** f. 冰夾

⑭ **la pala de hielo** f. 冰鏟

⑮ **el exprimidor** m. 榨汁器

⑯ **el sacacorchos** m. 開瓶器

⑰ **el sacacorchos de dos tiempos**
m. 兩段式開瓶器（海馬刀）

01 喝酒 tomar las bebidas alcohólicas

07-3-2.mp3

酒在西班牙人的生活裡，既是調劑生活的必需品，也是和朋友家人相聚的最佳伴手禮。不論葡萄酒、啤酒還是調酒，只要是相聚的場合，西班牙人都喜歡小酌一杯，如果能搭配餐點、小菜更好。

有哪些雞尾酒和啤酒呢？

1. **el cóctel** m. 雞尾酒
2. **Margarita** f. 瑪格麗特
3. **Martini** m. 馬丁尼
4. **Tinto de verano** m. 夏日紅酒（西班牙）
5. **Agua de Valencia**
   f. 瓦倫西亞之水（源自瓦倫西亞）
6. **Rebujito** m. 雷布希托（源自安達盧西亞）
7. **Mojito** m. 莫希托（源自古巴）
8. **Cubalibre** m. 自由古巴（源自古巴）
9. **Daiquiri** m. 戴綺莉（源自古巴）
10. **Piña colada** f. 鳳梨可樂達（源自波多黎各）

11. **la cerveza** f. 啤酒
12. **la cerveza rubia** f. 淡啤酒
13. **la cerveza negra** f. 黑啤酒
14. **la cerveza de barril** f. 生啤酒
15. **la cerveza de trigo** f. 小麥白啤酒
16. **la cerveza sin alcohol** f. 無酒精啤酒

◆ Capítulo 3
El bar 酒吧

259

文化小常識：調酒篇

在西班牙的小酒館或是酒吧點飲料，會很意外地發現，一杯啤酒和一瓶礦泉水的價格竟然不相上下。在夏天，西班牙人跟朋友相聚的時候，會在酒吧點一壺水果調酒（la sangría），或是點一瓶蘋果酒（la sidra）一起享用。由此可見，西班牙人對於酒的愛好並不亞於以啤酒節聞名的德國。

▲ sangría 水果酒

sangría 水果酒應該是大家最熟悉的西班牙調酒，這種酒以紅酒為基底，加上蘋果、柳橙及檸檬之類的水果調製而成。西班牙人習慣幾個朋友一起點一壺來享用，單獨點一杯的情況比較少見。至於蘋果酒，雖然並不是調酒，但因為氣味香甜、酒精含量低，所以也成為廣受歡迎的休閒飲品。倒蘋果酒的時候，西班牙人會一手把酒瓶拿高，另一手拿著杯子，在低處接住倒出來的酒，使酒產生如同香檳一般的氣泡，這種盛酒的動作稱為 escanciar un culín。

▲ Calimocho（Kalimotxo）可樂紅酒

除了大壺調製的 sangría 以外，西班牙也流行兩種可單點的紅酒調酒：夏日紅酒（tinto de verano）和可樂紅酒（Calimocho）。夏日紅酒是將紅酒加上檸檬汽水或碳酸水調製，而可樂紅酒當然就是紅酒加上可樂了。可樂紅酒發源自巴斯克地區，國際上這款調酒通常也寫成巴斯克語的拼法「Kalimotxo」，因為材料容易取得，也容易調製，所以常常出現在年輕人聚會的的場合。

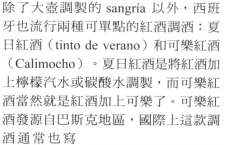

另外，酒吧也會提供調製過的啤酒，最典型的就是 clara。clara 是以啤酒為基底，加上檸檬汽水或碳酸水調製，口味清爽，適合夏天消暑。檸檬啤酒在國際上常稱為 Shandy，而西班牙則有名為 Shandy 的罐裝及瓶裝檸檬啤酒，所以 Shandy 在西班牙也成了即飲檸檬啤酒的代名詞。

▲西班牙的「Shandy」罐裝檸檬啤酒

- 蒸餾酒 las bebidas destiladas

el tequila
m. 龍舌蘭酒

el vodka
m. 伏特加

el ron
m. 萊姆酒

el whisky
m. 威士忌

el coñac
m. （干邑）白蘭地

la ginebra
f. 琴酒

- 釀造酒 las bebidas fermentadas

el vino tinto
m. 紅葡萄酒

el vino blanco
m. 白葡萄酒

la sidra
f. 蘋果酒

la cava
f. 西班牙氣泡酒

el vino rosado
m. 粉紅酒

la sidra de pera
f. 西洋梨酒

你知道嗎？

西班牙最常喝的啤酒是哪些品牌呢？

說到啤酒，大多數的人應該會想到德國每年 10 月舉辦的啤酒節。事實上，除了德國之外，西班牙人對於啤酒的喜愛也不輸德國人。在西班牙，也有屬於他們的啤酒暢銷排行榜。

出產自北部加利西亞（Galicia）的 Estrella Galicia，以其獨特卻能迎合大多數人口味的特點，受到許多西班牙人的喜歡。再來，不能不提的就是 1890 年創立於馬德里的 Mahou。這個品牌的啤酒在馬德里以外的地區也很受歡迎，而且有許多產品種類，滿足了許多挑剔的顧客，使它成為西班牙啤酒品牌的銷售常勝軍。另一個品牌 Ambar 來自阿拉貢（Aragón）省，雖然知名度和受歡迎程度不及前面兩者，但它是首先推出無酒精啤酒的品牌。另外，在加泰隆尼亞自治區最暢銷的 Estrella Damm、安達魯西亞（Andalucía）省出產的 Cruzcampo，也是在酒吧和超市很常見的啤酒品牌。

西班牙人通常偏好本地生產的啤酒，就好像巴塞隆納人大多是巴薩（Barça，也就是巴塞隆納隊）的球迷，而馬德里和卡斯提亞 - 雷昂（Castilla y León）自治區的人是皇家馬德里（Real Madrid）隊鐵粉是同樣的道理。

酒的容量要怎麼用西班牙語說？

※註：以下介紹的啤酒容量大小是西班牙國內的稱呼方式

un barril de cerveza
m. 一桶啤酒

un tercio de cerveza
m. 一瓶 330ml 啤酒（1/3 公升）

un quinto/ botellín de cerveza
m. 一瓶 200ml 啤酒（1/5 公升）

una caña de cerveza
f. 一杯啤酒（約 200ml）

un doble de cerveza
m. 雙份啤酒（約 400ml）

una jarra de cerveza
f. 一大杯啤酒

una lata de cerveza
f. 一罐啤酒

un vaso de whisky
m. 一杯威士忌

una copa de vino tinto
f. 一杯紅酒

un cóctel
m. 一杯雞尾酒

西班牙有哪些常見的下酒菜（las tapas）呢？

las patatas fritas
f. 炸洋芋片

las aceitunas
f. （油漬、鹹味的）橄欖

el queso
m. 起司

la tortilla de patatas
f. 馬鈴薯烘蛋

el chorizo
m. 香腸

el jamón
m. 火腿

la croqueta
f. 可樂餅

los calamares fritos
m. 炸花枝圈

el pulpo a la gallega
m. 加利西亞式（水煮）章魚

♦♦♦ 02 聚會 reunirse con los amigos

07-3-3.mp3

在聚會時常做什麼事呢？

hacer un selfi
自拍

ligar con alguien
搭訕某人

brindar
舉杯慶祝

hacer una fiesta
開派對

pasar el tiempo
消磨時間

invitar a alguien a una copa
請某人喝一杯

ver el partido de fútbol
看足球比賽

jugar a las cartas
玩牌

charlar
聊天

你知道嗎？

西班牙人的夜生活

西班牙人是重視生活品質及休閒娛樂的民族，即便是在失業率高漲的時期，西班牙人一樣可以手提一打啤酒，和三五好友及家人一起到沙灘上坐著聊天喝酒。大家都知道，西班牙人的生活作息時間與台灣不同。午餐大概在下午 2 點半到 3 點半左右開始用餐，晚餐時間也比我們在台灣吃

晚餐的時間晚了許多，大約在晚上 9 點到 10 點左右。

西班牙人喜歡和朋友出門聚會，晚餐過後，他們習慣再到小酒館喝點酒、吃吃下酒菜（las tapas），跟朋友聊個天。等到 11 點過後，才會去舞廳（la discoteca）或是俱樂部（el club）。舞廳會收門票，但是這個門票的費用可以在舞廳內折抵消費；有些情況是不收門票的，例如禮拜三女生免費或是憑券免費。有些舞廳為了吸引更多的外國人去，營造出國際化的異國特性，會在語言中心或外國人較常出現的景點發送舞廳的招待券，除了吸引外國人光顧之外，也藉此宣傳吸引當地西班牙人。

在西班牙的舞廳或是俱樂部，大多數都是和朋友結伴一起去的。朋友當中可能有的是情侶（parejas），有的是單身（soltero/a）。西班牙文對於這個夾在情侶之間的單身朋友角色，有一個很有趣的稱呼，叫做 el/la sujetavelas。字面上是固定（sujetar）蠟燭（vela）的東西，也就是「燭台」，比喻情侶身邊像多餘裝飾一般的角色，相當於中文所說的「電燈泡」。

無論有對象或者單身，西班牙人已然將晚上的聚會視為生活的一部分。但在 COVID-19 疫情擴散後，許多夜店長期停業或宣告倒閉，需要相當大的努力才能恢復以往繁華的夜生活。

PARTE VIII
La sanidad 生活保健

La clínica 診所

這些應該怎麼說？

08-1-1.mp3

在診所內會做哪些醫療行為呢？

1 **revisar la vista** ph. 檢查視力

2 **escuchar los latidos del corazón** 聽心跳聲

3 **revisar la garganta** 檢查喉嚨

4 **eliminar/limpiar los mocos de la nariz** 清鼻涕

5 **tomar/medir la temperatura** 量體溫

6 **tomar/medir la presión arterial** 量血壓

慣用語小常識：關於脆弱的表達方式

和中文一樣，西班牙語的「敏感」同樣可以表示身體上的敏感，或者心理上的過度反應。所以，可以說某個人 es muy sensible 表示他「多愁善感」，而如果對什麼敏感，則是 es sensible a algo。

另外，西班牙語有 es de carne y hueso 這種表達方式，字面意思是「由肉和骨頭構成」，實際上是表達某個人「也是有血有肉的人、也會受傷／遇到困難，不是無堅不摧」的意思。但要注意，如果使用不同的介系詞，變成 en carne y hueso，意思就變成「是真實存在的」，例如 Está allí en carne y hueso.（他本人就在那裡）。

西班牙的醫療保險

西班牙實施全民社會保險（seguro social），只要繳交社會保險金，就可以享受免費醫療、失業救濟金（如果是外國人，只要是合法雇用並且工作滿 6 年，就可以在失業情況發生時，請領最高 2 年的失業救濟金）等等的福利。西班牙的醫療機構分為兩大類：醫療中心（centro de salud）以及醫院（hospital）。醫療中心主要為就醫的民眾做基本的檢查及治療，也就是家庭醫學（medicina general），由家庭醫師開處方箋，或者建議進一步找專科醫師診斷治療。

除了政府主導的社會保險以外，西班牙也有提供私人醫療保險（seguro médico privado）的保險公司，比較常見的公司有 Adeslas、Mapfre 等等。使用私立醫療保險的就診服務時，必須先向保險公司預約，然後由保險公司安排到醫院就診。西班牙的公立醫院大多需要比較長的等待時間，再加上私人醫療保險及私立醫院提供的醫療服務較為先進，醫護水準、服務品質也比較高，所以有許多人會另外購買一份私人醫療保險，讓自己的健康更有保障。

⋯⋯ 01 預約掛號 pedir cita previa

常見的掛號方式有哪些？

sin cita previa 未經事先預約的
pedir/solicitar cita sin cita previa
現場（無預約）掛號

pedir/solicitar cita por internet 網路掛號
pedir/solicitar cita por teléfono 電話掛號

⋯ Tips ⋯

文化小常識：en cuarentena 檢疫中

當某個傳染病盛行時，政府會採取預防性的檢疫措施，也就是將可能染病的人隔離一段時間，例如來自疫區或曾經接觸患者的人，避免漏網之魚在外散播疾病。這種隔離檢疫的措施在西班牙語中稱為 cuarentena，源自威尼斯語的「quarantena」，表示「40」的意思。14 世紀黑死病（la peste negra）盛行，傳播疾病的老鼠也能藉由貨運船將疾病帶到其他國家，而國際貿易盛行的威尼斯為了避免疾病傳入，規定來自疫區的船隻必須檢疫 40 天，所以「40」這個數字後來就成為隔離檢疫的名稱。

在 2020 年，因為冠狀病毒（el coronavirus）肆虐，全球都受到影響，西班牙同樣採取了非必要不得外出的預防性隔離政策，期望能夠降低人與人之間的接觸，抑制病毒的擴散。我們可以稱這段隔離的狀況為：España está en cuarentena por 60 días.（西班牙正處在 60 天的隔離期間）。

掛號時常見的基本對話

◆ (En la administración) （在掛號處）

La recepcionista: ¡Buenos días! ¿En qué puedo ayudarle?
女櫃台人員：早安！有什麼我能幫您的呢？

El paciente: ¡Buenas! ¿Podría enseñarme dónde está el consultorio del Dr. Sánchez?
男病人：您好！您可以告訴我桑切斯醫師的診間在哪裡嗎？

La recepcionista: Está en el segundo piso.

女櫃台人員：在二樓。

El paciente: ¡Gracias!

男病人：謝謝！

◆ (En el segundo piso) （在二樓）

La enfermera: ¡Buenas! ¿En qué puedo ayudarle?

女護理師：您好！有什麼我能幫您的呢？

El paciente: ¡Hola! Tengo una cita reservada con el
Dr. Sánchez.

男病人：你好！我和桑切斯醫師有約。

La enfermera: Muy bien. Su nombre completo, por favor.

女護理師：好的！麻煩告訴我您的全名。

El paciente: Soy David Blanco Martín.

男病人：我是大衛‧伯朗哥‧馬丁。

**La enfermera: De acuerdo. Espere un segundo, por favor...
Sí, tiene usted una cita con el Dr. Sánchez a las nueve y
media. Espere aquí unos minutos, usted es el siguiente.**

女護理師：好的。請您稍等一下…是的，您和桑切斯醫師約九點半。請您在這裡稍等
幾分鐘，下一個就輪到您。

El paciente: Gracias.

男病人：謝謝。

••• 02 看診 ver al doctor

08-1-3.mp3

診所裡常見的人有哪些？西班牙語怎麼說？

**el/la
recepcionista**
m./f. 櫃台接待人員

**el médico /
la médica**
m./f. 醫師

**el/la
paciente**
m./f. 病人

**el médico /
la médica de
cabecera**
m./f. 家庭醫師

la inflamación / el dolor de garganta

f./m. 喉嚨發炎／喉嚨痛

cansado/fatigado

adj. 疲倦的

la nariz congestionada

f. 鼻塞

el escalofrío

m. 發抖，寒顫
（例如因為發燒）

el moco

m. 鼻水，鼻涕

la diarrea

f. 拉肚子

la alergia

f. 過敏

la gripe

f. 流行性感冒

la tos

f. 咳嗽

el dolor de cabeza

m. 頭痛

el dolor de espalda

m. 背痛

el estornudo

m. 噴嚏

其他不舒服的症狀又要怎麼用西班牙語說呢？

las agujetas* / el dolor muscular
f./m. 肌肉痠痛
（＊西班牙本土用語）

el dolor de hombro
m. 肩膀痛

el dolor de rodilla
m. 膝蓋痛

el dolor de vientre
m. 肚子痛

el cólico
m. 絞痛（腹部）

la náusea / el vómito
f./m. 噁心想吐／嘔吐

la mala digestión
f. 消化不良

el vértigo
m. 暈眩

el insomnio
m. 失眠

el dolor de oído
m. 耳朵痛

los ojos cansados
m. 眼睛疲勞（痠痛）

el dolor de pecho
m. 胸口痛

1. **el síntoma** m. 症狀

2. **la terapia** f. 治療

3. **la inflamación** f. 發炎

4. **el antibiótico** m. 抗生素

5. **el efecto secundario** m. 副作用

6. **el registro médico** m. 病歷

7. **la historia clínica** f. 病史

8. **tener alergia a... / ser alérgico(a) a...** 對…過敏

9. **tomar medicamento** 服藥

10. **recetar** v. 開藥方

你知道嗎？

tener catarro、tener gripe 和 estar resfriado 有什麼不同？

感冒時，常見的共通症狀不外乎流鼻水（tener el moqueo nasal）、鼻塞（tener la nariz congestionada）、咳嗽（tener tos）和發燒（tener fiebre）。西班牙語在表達感冒的時候，有三種說法：第一種是 tener catarro，是指呼吸道黏膜（尤其是鼻黏膜）發炎的感冒狀況；第二種是 tener gripe，指的是流感病毒所造成的流行性感冒，這種感冒會因為季節轉換而流行，通常會出現呼吸道不適症狀及發燒。第三種是 estar resfriado/a，可以指因為天氣變化或是受寒而造成的感冒，或是指比較輕微的細菌感染造成的感冒。而經常發生的發炎狀況，依據不同的呼吸道症狀可分為：rinitis 鼻炎（症狀：moco nasal 鼻水、鼻涕）、faringitis 咽喉炎（症狀：dolor de garganta 喉嚨痛）、laringitis 喉頭炎（症狀：tos ronca 沙啞乾咳）及 bronquitis 支氣管炎（症狀：tos y ruidos respiratorios 咳嗽及呼吸有雜音）。

看診時的常用對話

El médico: Buenos días. ¿Qué te pasa?

（男）醫師：早安。哪裡不舒服呢？

El paciente: Pues, no me siento muy bien después de levantarme esta mañana.

（男）病人：嗯，今天早上起床後我就覺得不太舒服。

El médico: ¿Cómo te encuentras ahora?

醫師：你現在覺得如何呢？

El paciente: Me duele mucho la garganta y tengo tos.

病人：我覺得喉嚨很痛，而且我有咳嗽（症狀）。

El médico: Vamos a ver... abre la boca, por favor.

醫師：我們來看看…麻煩你張開嘴巴。

El paciente: ¿Qué tengo?

病人：我怎麼了？

El médico: Pues, tienes la garganta inflamada. Creo que tienes faringitis.

醫師：嗯，你的喉嚨發炎了。我想你的問題是咽喉發炎。

El paciente: ¿Qué voy a hacer?

病人：我該怎麼辦呢？

El médico: Te receto las pastillas y el jarabe para el dolor de garganta. Y también te doy las pastillas para la fiebre por si acaso.

醫師：我會開給你一些針對喉嚨痛的藥片和糖漿。我也會給你發燒時服用的藥片以防萬一。

El paciente: Muchas gracias.

病人：非常感謝。

El médico: Descansa más y toma más agua.

醫師：多休息及多喝水。

El paciente: De acuerdo. Adiós.

病人：好的。再會。

El médico: Adiós. Cuídate.

醫師：再會。保重。

El hospital 醫院

這些應該怎麼說？

院內擺設

08-2-1.mp3

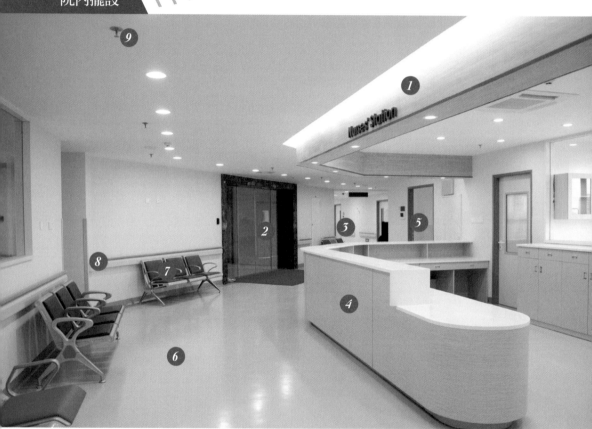

❶ el control de enfermería
m. 護理站

❷ la puerta automática f. 自動門

❸ la sala f. 病房

❹ el mostrador m. 櫃台

❺ el consultorio m. 診間

❻ la sala de espera f. 等候區

❼ los asientos m. 座位

❽ el pasamanos m. 扶手

❾ el rociador de incendios
m. 消防灑水器

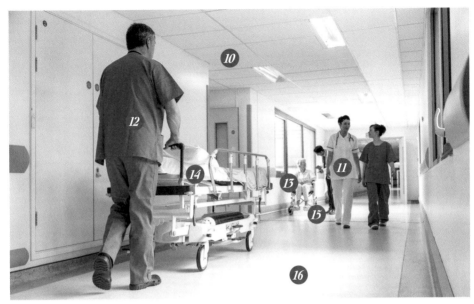

⑩ el hospital m. 醫院

⑪ el médico / la médica m./f. 醫師

⑫ el enfermero / la enfermera
m./f. 護理師

⑬ el/la paciente m./f. 病人

⑭ la camilla/cama f. 病床

⑮ la silla de ruedas f. 輪椅

⑯ el pasillo m. 走道

在醫院會做什麼呢？

▶▶▶ ▶▶ ▶ ▶▶▶ ▶▶

在醫院看診時，簡單的測量或檢查可以直接在診間進行，而如果需要進行特定的專門檢查，則由醫師安排院內相關部門協助進行。

在健檢的時候會做什麼呢？

08-2-2.mp3

medir la altura
量身高

pesarse
自己（上磅秤）量體重
pesar a alguien
幫某人量體重

medir la cintura
量腰圍

**tomar/medir la
presión arterial**
量血壓

**tomar/medir
la temperatura**
量體溫

revisar la vista
檢查視力

**sacar la muestra
de sangre**
抽血

**medir la glucosa
en la sangre**
測量血糖

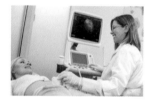

**hacer un
ultrasonido**
做超音波檢查

hacer una radiografía
照 X 光

hacer un electrocardiograma
測心電圖

recoger las muestras
採集檢體

做健康檢查時會用到的單字與句子

1. **hacer una revisión médica completa** 做完整的健康檢查
2. **el diagnóstico** m. 診斷
3. **la enfermedad crónica** f. 慢性疾病
4. **la hipertensión** f. 高血壓
5. **la glucemia** f. 血糖
6. **Respire hondo.** 請您深呼吸。
7. **Aguante la respiración, por favor.** 請您閉氣。
8. **Haga puño, por favor. Le voy a sacar las muestras de sangre.** 請您握緊拳頭。我要開始抽血了。

08-2-3.mp3

在醫院裡有哪些常見的科別？西班牙語怎麼說？

la medicina general
f. 一般科（家醫科）

la cirugía
f. 外科

la otorrinolaringología
f. 耳鼻喉科

la neurología
f. 神經內科

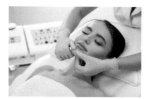

la dermatología
f. 皮膚科

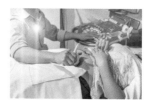

la ginecología y la obstetricia
f. 婦科與產科

la pediatría
f. 小兒科

la oftalmología
f. 眼科

la odontología
f. 牙科

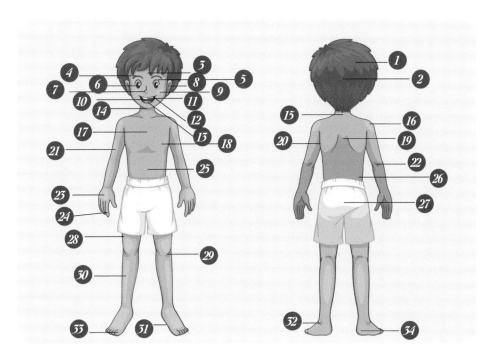

1 **la cabeza** f. 頭

2 **el pelo**
　　m.（一根或總稱）頭髮

3 **la frente** f. 額頭
　　la cara f. 臉

4 **la ceja** f.（一道）眉毛

5 **la pestaña**
　　f.（一根）眼睫毛

6 **el ojo** m. 眼睛

7 **la nariz** f. 鼻子

8 **la oreja** f. 耳朵

9 **la mejilla**
　　f.（一邊）臉頰

10 **la boca** f. 嘴巴

11 **el diente**
　　m.（一顆）牙齒

12 **el labio**
　　m.（一片）嘴唇

13 **la lengua** f. 舌頭

14 **el mentón** m. 下巴

15 **el cuello** m. 脖子
　　la garganta f. 喉嚨
　　la nuez/manzana
　　de Adán f. 喉結

16 **el hombro**
　　m.（一邊）肩膀

17 **el pecho** m. 胸部
　　el seno m.（一邊）乳房

18 **el pezón** m. 乳頭

19 **la espalda** f. 背部

20 **el sobaco** m. 腋窩

21 **el brazo** m. 手臂

22 **el codo** m. 手肘

23 **la mano** f. 手

24 **el dedo** m. 指頭
　　el dedo pulgar m. 拇指
　　la uña f. 指甲

25 **la barriga** f. 肚子
　　el ombligo m. 肚臍

26 **la cintura** f. 腰部

27 **la cadera** f. 臀部

28 **el muslo** m. 大腿

29 **la rodilla** f. 膝蓋

30 **la pierna** f. 腿

31 **el pie** m. 腳

32 **el tobillo** m. 腳踝

33 **el dedo del pie**
　　m. 腳趾

34 **el tacón** m. 腳跟

♦ Tips ♦

慣用語小常識：身體部位篇

西班牙語中，有許多和身體部位相關的慣用語和諺語，下面就列出一些讓大家參考。

1. **ojos que no ven, corazón que no siente** 眼不見為淨
2. **dormir a pierna suelta** 睡得很沉
3. **hacer oídos sordos** 充耳不聞
4. **para chuparse los dedos** 好吃、美味的
5. **hablar por los codos** 滔滔不絕地說話
6. **tomar el pelo a alguien** 開某人玩笑
7. **no tener pelos en la lengua** 說話很直接
8. **cruzarse los brazos** 袖手旁觀
9. **encogerse de hombros** 聳肩：對某件事情不在乎
10. **caradura** 厚顏無恥
11. **pedir la mano a alguien** 向某人求婚

···03 手術 la operación

08-2-4.mp3

醫護人員進手術房前換上的裝備，西班牙語怎麼說？

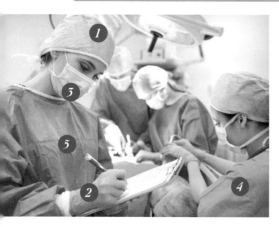

❶ **el gorro quirúrgico** m. 手術帽
❷ **los guantes médicos** m. 醫用手套
❸ **la mascarilla** f. 口罩
❹ **la ropa/bata quirúrgica** f. 手術衣
❺ **el vestido quirúrgico** m. 隔離衣

手術房裡常見的東西有哪些？西班牙語怎麼說？

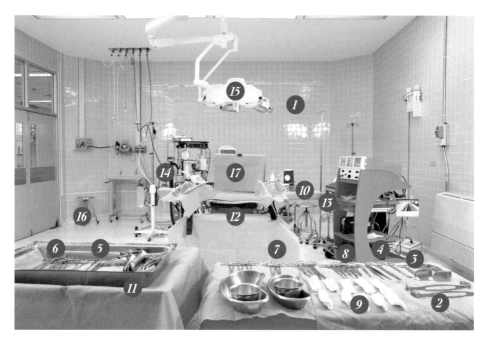

① **el quirófano / la sala de cirugía** m./f. 手術室、開刀房

② **los instrumentos quirúrgicos** m. 手術器械

③ **la pinza hemostática** f. 止血鉗

④ **las tijeras para sutura** f. 縫合剪刀

⑤ **el escalpelo** m. 手術刀

⑥ **las tijeras para cirugía** f. 手術剪

⑦ **el fórceps obstétrico** m. 產鉗

⑧ **la pinza para gasas** f. 紗布鉗

⑨ **la gasa** f. 紗布

⑩ **la mesa de instrumentos** f. 器械架

⑪ **la bandeja de instrumentos** f. 器械盤

⑫ **la mesa de operaciones** f. 手術台

⑬ **el desfibrilador** m. 心臟電擊（去顫）器

⑭ **la máquina de anestesia** f. 麻醉機

⑮ **la lámpara para cirugía** f. 手術燈

⑯ **el taburete** m. 椅凳

⑰ **la toalla quirúrgica** f. 手術用消毒巾

Capítulo 3

La farmacia 藥局

08-3-1.mp3

藥局（la farmacia）

① **la farmacia** f. 藥局
② **el farmacéutico /**
la farmacéutica m./f. 藥師
③ **el mostrador** m. 櫃台
④ **la receta** f. 處方箋
⑤ **la estantería** f. 架子
⑥ **el medicamento** m. 藥品
⑦ **el complemento alimenticio**
m. 營養補充品
⑧ **consultar** v. 諮詢
⑨ **sugerir** v. 建議
⑩ **el medicamento sin receta**
m. 非處方藥（成藥）

藥妝店（la droguería）

⑪ la droguería f. 藥妝店

⑫ el cosmético m. 化妝品、保養品

⑬ el tónico facial m. 化妝水

⑭ el sérum/suero facial m. 臉部精華液

⑮ la crema facial f. 面霜

⑯ el desodorante m. （防體臭）爽身噴霧、體香膏

⑰ el limpiador exfoliante m. 去角質洗面乳

⑱ el gel de ducha m. 沐浴乳

⑲ las vitaminas f. 維他命

⑳ el enjuague bucal m. 漱口水

㉑ el bálsamo m. 藥膏

補充：

la mascarilla f. 口罩

el comprimido efervescente m. 發泡錠

⋯ 01 領取、購買藥物 conseguir o comprar los medicamentos

08-3-2.mp3

西班牙的健保制度提供免費的醫療，而且醫院及醫療中心（el centro de salud）林立，只要加入社會保險（el seguro social）、領有醫療卡（la tarjeta sanitaria）的人，無論本國籍或外籍人士，都可以在健保指定院所免費看診，並取得處方箋，在藥局購買處方藥時就能獲得藥費補貼。如果沒有看診，也可以直接到藥局諮詢藥師，藥師會針對症狀推薦適合的止痛消炎藥（如 ibuprofeno）或止咳糖漿（如 sekisan）等等。

不過，對西班牙人而言，除了生病時看醫生之外，平時注重飲食及休閒，對於維持健康而言更加重要。西班牙的平均壽命高達 80 歲以上，或許就是因為他們能保持身心的愉快，並且均衡飲食，而得以預防疾病。就如同西班牙的一句諺語所說的：「Más vale prevenir que curar.」（預防比治療更有價值→預防勝於治療）。

處方箋（la receta）上會有什麼呢？

1. **la prescripción** f. 處方
los medicamentos m. 藥品
la dosis f. 劑量

2. **la duración de tratamiento**
f. 治療期間

3. **la posología** f. 服法（每隔多久服用多少）
... unidades/toma cada ~ horas
每～小時服用…單位

por vía bucal 口服

del uso externo 外用

antes de la comida 飯前

después de la comida 飯後

4. **las advertencias al farmacéutico** 給藥師的提醒

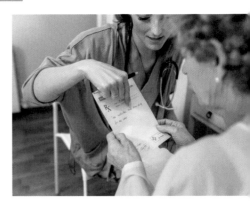

5. **el/la paciente** m./f. 病患
   el nombre y los apellidos m. 名與姓
   el año de nacimiento m. 出生年
   el número de identificación m. 身分證號碼
6. **el médico / la médica** m./f. 醫師
   los datos de identificación m. 身分資料
   la fecha f. 日期
   la firma m. 簽名
7. **la farmacia** f. 藥局
8. **el cupón precinto** m. 優惠標記（藥盒上的條碼區，藥師會剪下後貼在處方箋上，藉此獲得藥費補貼）

領藥時的常見基本對話

El paciente: Buenas, aquí están la receta y mi tarjeta sanitaria.

（男）病患：您好，這是處方箋和我的醫療卡。

El farmacéutico: De acuerdo. Espere un momentito, por favor.

（男）藥師：好的。請您稍等一下。

El paciente: Gracias.

病患：謝謝。

El farmacéutico: Aquí están sus medicamentos. ¿Los ha tomado antes?

藥師：這裡是您的藥。之前有服用過嗎？

El paciente: No, nunca. Es la primera vez.

病患：沒有。是第一次。

El farmacéutico: Pues, no se preocupe. Tiene la instrucción de medicamentos escrita aquí. Si tiene cualquier duda, póngase a llamarle a su médico.

藥師：嗯，別擔心。用藥指示寫在這裡。如果您有任何疑問，請您打電話聯絡您的醫生。

El paciente: Muy bien. Gracias.

病患：好的。謝謝。

el antipirético
m. 退燒藥

la aspirina
f. 阿斯匹靈

la pastilla para chupar
f.（有藥效的）喉片

el jarabe para la tos
m. 咳嗽糖漿

el antiácido
m. 制胃酸劑

el analgésico
m. 止痛藥

el imodium
m. 易蒙停（止瀉藥）

el ibuprofeno
m. 布洛芬（消炎止痛藥）

el laxante
m. 瀉藥

你知道嗎？

pastilla, comprimido, píldora, cápsula, gragea 都是藥品，差異在哪裡呢？

在購買藥物時，我們會看到各種不同形狀的藥品，你知道這些藥品名稱及差異嗎？我們從最常聽到的 pastilla 開始說起。pastilla 常作為一般藥丸的統稱（相當於英語的 pill），但如果細分的話，典型的 pastilla 是外觀類似長圓柱形的藥片。這種劑型有不易溶於口中的特性，而且容易吞服。第二種是 comprimido，指的是將粉末壓縮成小顆錠狀的藥錠，溶解的速度比 pastilla 快，可分為一般直接吞服的 comprimido tradicional，以及需要先泡進水中分解再飲用的 comprimido efervescente（發泡錠）。第三種是 píldora，指的是圓扁形的小藥丸，因為尺寸較小，所以容易吞服。第四種是 cápsula，也就是內含藥粉的膠囊，結構上是由較為短小的上蓋（tapa）及較長的下蓋（cuerpo）組合而成。最後一種是 gragea，是指外層有顏色及甜味的糖衣錠。這些藥品各有不同特點，下回購買藥物時，不妨多加注意。

◆◆◆ 02 購買保健食品 comprar los complementos alimenticios

常用的保健食品和醫療用品有哪些？

08-3-3.mp3

las vitaminas
l. 維他命

las cápsulas de aceite de pescado
l. 魚油膠囊

los comprimidos de calcio
m. 鈣片

el ácido fólico
m. 葉酸

el colirio
m. 眼藥水

el suero fisiológico
m. 生理食鹽水

la tirita
f. OK 繃

la tintura de yodo
f. 碘酒

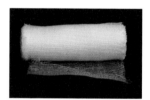

la venda
f. 繃帶

la gasa
f. 紗布

el bastoncillo
m. 棉花棒（西班牙用語，
拉美稱 el hisopo）

la pomada
f. 藥膏

el protector de muñeca
m. 護腕

el termómetro auricular
m. 耳溫計

el tensiómetro
m. 血壓計

la bolsa de agua caliente
f. 熱水袋

la compresa fría
f. 冰袋

la faja lumbar
f. 護腰

◆◆◆ 03 挑選美容用品 elegir los productos de belleza

在藥妝店中常見的保養品有哪些？

08-3-4.mp3

la loción corporal
f. 身體乳液

la crema facial
f. 面霜

la crema de día
f. 日霜

la crema de noche
f. 晚霜

la crema de manos
f. 護手霜

la loción hidratante
f. 保濕乳液

el limpiador exfoliante
m. 去角質洗面乳

el quitaesmalte
m. 去光水

**el sérum/
suero facial**
m. 臉部精華液

**el aceite
esencial**
m. 精油

**el sérum/suero
antiedad**
m. 抗老精華液

**la crema /
el protector
solar**
f./m. 防曬乳

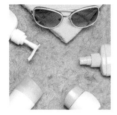

**la crema
autobronceadora**
f. 助曬乳

**el tónico
facial**
m. 化妝水

**la prebase de
maquillaje**
f. 妝前飾底乳

**la crema de
masaje facial**
f. 臉部按摩霜

保養品上的文字

- 保養品上常出現的西班牙文有哪些？

1. **hidradante** adj. 保濕的
2. **antiedad / antienvejecimiento**
   adj. 抗老的
3. **antiarrugas** adj. 抗皺的
4. **facial (/de rostro)** adj. 臉部的
5. **corporal (/de cuerpo)** adj. 身體的
6. **restaurar** v. 修護
7. **la barrera protectora** f. 防護屏障
8. **la piel grasa** f. 油性肌膚
9. **la piel seca** f. 乾性肌膚
10. **la piel sensible** f. 敏感肌膚

11. **de día** 日間使用的
12. **de noche** 夜間使用的

• 各類皮膚症狀（los problemas de piel）的西班牙語說法

el grano
m. 疹子

el acné
m. 面皰、青春痘

la arruga
f. 皺紋

la verruga
f. 疣

las pecas
f. 雀斑

la cicatriz
f. 疤痕

la ampolla
f. 水泡

la picadura de insecto
f. 昆蟲咬傷

la ojera
f. 黑眼圈

La clínica veterinaria 獸醫診所

08-4-1.mp3

這些應該怎麼說？

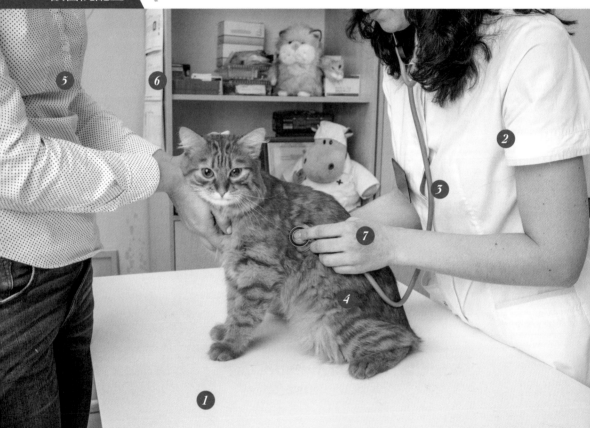

❶ **la mesa de exploración** f. 診察台
❷ **el/la auxiliar de clínica veterinaria** m./f. 獸醫助理
❸ **el estetoscopio** m. 聽診器
❹ **la mascota** f. 寵物

❺ **el dueño / la dueña de una mascota** m./f. （寵物）主人
❻ **la licencia veterinaria** f. 獸醫執照
❼ **el chequeo médico** m. 健康檢查

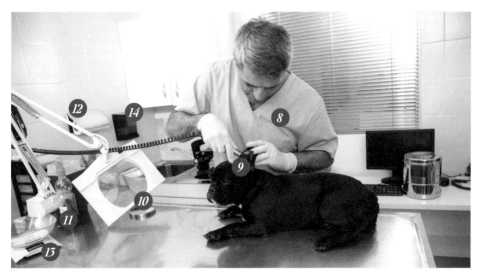

**⑧ el veterinario /
la veterinaria** m./f. 獸醫

⑨ el otoscopio m. 耳鏡

⑩ la lámpara con lupa
f. 放大鏡燈

⑪ el alcohol desinfectante
m. 消毒酒精

⑫ el papel absorbente
m. 紙巾

⑬ la báscula f. 磅秤

⑭ el jabón (líquido) de manos
m. 洗手乳

♦ Tips ♦

慣用語小常識：寵物篇

根據統計，西班牙最常見的五種寵物依序是狗（el perro）、貓（el gato）、倉鼠（el hámster）、鳥（el pájaro）和魚（el pez），某些調查結果也有烏龜（la tortuga）在列。但就像其他國家一樣，狗仍然是最主流的寵物，在西班牙的街上，總會看到很多當地人帶著狗狗散步。

西班牙有一句慣用語和最常見的寵物有關，就是 llevarse como (el) perro y (el) gato「像狗和貓一樣相處」。雖然狗和貓都是可愛的寵物，但就像我們經常觀察到的，因為行為模式的差異，狗和貓容易發生衝突，所以這個慣用語的意思是彼此相處得不好，經常意見不合而吵架。

Si bien Ana y Antonio ya han llevado 5 años saliendo juntos, se llevan como el perro y el gato.

雖然安娜和安東尼已經一起生活五年了，他們還是常常吵架爭執。

在寵物醫那裡會做些什麼呢？

···01 做檢查 hacer un chequeo/examen

08-4-2.mp3

常見的檢查有哪些？

el chequeo médico / de salud
m. 健康檢查

el chequeo de orejas / de oídos
m. 耳朵／聽力檢查

el examen dental
m. 牙齒檢查

el examen/ chequeo de sangre
m. 血液檢驗

la radiografía
f. X 光檢查

la ecografía
f. 超音波檢查

* 做檢查也可以用 realizar/tener una revisión 表達。

vacunar al perro/gato
給狗／貓接種疫苗

tomar/medir la temperatura al perro/gato
給狗／貓量體溫

revisar el pelaje/ pelo y la piel
檢查毛髮和皮膚

▸▸▸ 02 治療 el tratamiento

08-4-3.mp3

常見的治療有哪些？

la terapéutica antiparasitaria
抗寄生蟲治療

aplicar el colirio antibiótico
使用抗生素眼藥水

poner una inyección a ... / inyectar a ...
幫⋯打針

la acupuntura
針灸

tomar complemento alimenticio
服用營養品

limpiar los dientes
洗牙

el collar isabelino
m. 頸護罩

el antihelmíntico
m. 驅蟲藥

la hierba gatera
f. 貓草（小麥草）／
貓薄荷

el limpiador de oídos
m. 潔耳液

la pipeta antipulgas
f. 除蚤滴劑

el dispensador de medicamentos
餵藥器

常用句子

1. **Tengo que llevar a mi gato al veterinario.**
   我必須帶我的貓去看獸醫。

2. **Tengo que llevarlo a mi cachorro/perro al veterinario para hacer revisión.**
   我必須帶我的小狗／狗去看獸醫做健康檢查。

3. **Mi gato no tiene ganas de comer.** 我的貓不想吃東西。

4. **Mi perro pierde el apetito.** 我的狗沒有食慾。

5. **Le recomiendo pasearlo a su perro cada día. Es bueno para la salud.** 我建議您每天帶您的狗散步。這對健康很好。

6. **Es necesario que su perro tenga el collar (isabelino) puesto, así no se rascará a sí mismo.**
   您的狗必須要戴上護頸罩，這樣他才不會抓傷自己。

7. **Mi perro ha vomitado unas veces y todavía tiene diarrea.** 我的狗吐了好幾次，而且現在還在拉肚子。

08-4-4.mp3

el perro
m. 狗

el gato
m. 貓

el conejo
m. 兔子

el jerbo
m. 沙鼠

el hámster
m. 倉鼠

la cobaya
f. 天竺鼠

la ardilla
f. 松鼠

el erizo
m. 刺蝟

la tortuga
f. 烏龜

la vaca
f. 乳牛

el cerdo
m. 豬

la cabra
m. 山羊

◆ Capítulo 4
La clínica veterinaria 獸醫診所

el caballo
m. 馬

el pájaro
m. 鳥

el pez
m. 魚

❶ **el collar**
m. 項圈

❷ **la correa**
f. 牽繩

el alimento para mascotas
m. 寵物飼料

la caña (de juguete) para gatos
f. 逗貓棒

el rascador
m. 貓抓板

la arena para gatos
f. 貓砂

el snack dental
m. 潔牙骨

el transportín
m. 寵物外出籠

el cepillo para perro/gato
m. 狗／貓毛刷

PARTE IX
Los deportes 體育運動

El campo de fútbol 足球場

09-1-1.mp3

這些應該怎麼說？

足球場配置

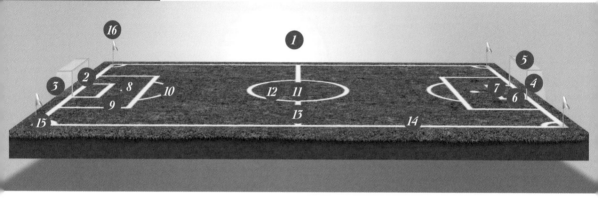

1. **el campo de fútbol** m. 足球場
2. **la meta / la portería** f. 球門
3. **la red** f. 球門網
4. **el poste** m. 球門柱
5. **el travesaño (la barra horizontal)** m. (f.) 橫桿
6. **la línea de meta** f. 球門線／底線
7. **el área de meta*** f. 球門區（小禁區）
8. **el punto penal** m. 罰球點
9. **el área penal*** f. 罰球區（大禁區）
10. **el semicírculo penal** f. 罰球區弧線
11. **el punto central** m. 中點
12. **el círculo central** m. 中圈
13. **la línea media / la línea de mediocampo** f. 中線
14. **la línea de banda / la línea lateral** f. 邊線
15. **el cuadrante de esquina** m. 角球區弧線
16. **el banderín de esquina** m. 角球旗

* 因字首為 a 且為重音所在位置，故單數時須改用陽性冠詞。

在足球場會做什麼呢？

▶▶▶▶▶▶▶▶▶▶▶

09-1-2.mp3

01 幫球隊加油 animar a los equipos

在球場上常做的事有哪些？西班牙語怎麼說？

cantar el himno nacional
唱國歌

hacer la ola (mexicana / de estadio)
玩波浪舞

animar al equipo
為球隊加油

ondear la bandera
揮舞旗幟

jugar contra...
與（球隊）對戰

**agradecer a / darles gracias
a los fans/aficionados**
感謝球迷

◆ **Tips** ◆

慣用語小常識

saber latín「懂拉丁文」？

足球在拉丁文化（cultura latina）圈相當盛行，除了西班牙以外，義大利、葡萄牙以及拉丁美洲的巴西、阿根廷、烏拉圭等等國家，都是國際足球賽事中的佼佼者。那這些地區為什麼稱為拉丁文化圈呢？因為古代羅馬帝國的官方語言是拉丁語（el latín），而帝國範圍內又衍生出多種和拉丁語類似的地方語言，包括義大利語、西語、葡語、法語等等（統稱為羅曼語系），所以將使用這類語言的國家稱為「拉丁歐洲」。後來西班牙和葡萄牙對中南美洲進行殖民，將自己的語言和文化輸出到當地，於是中南美就稱為「拉丁美洲」了。

那麼，如果說一個人 saber latín（懂拉丁語），又是什麼意思呢？雖然後來已經沒有人用拉丁語進行日常交談，但拉丁語曾經有很長一段時間是歐洲學術界的書面共通語，要先學會拉丁語才能看懂學術資料，所以當時會拉丁文的人都是比較有學問的人。因此，saber latín 是比喻一個人懂得很多，或者聰明機靈的意思。

Miguelín sabe latín. Cuando la maestra le hace preguntas, siempre le responde a ella con rapidez y certeza. 小米格爾是個聰明的孩子，每當老師問他問題，他總是能夠快速又肯定的回答她。

西班牙足球甲級聯賽

西班牙足球甲級聯賽的正式名稱是「Campeonato Nacional de Liga de Primera División」，簡稱「La Liga」，是西班牙頂級足球聯賽。目前西班牙甲級聯賽總共有 20 支隊伍，許多外籍明星球員，以及活躍於足壇的世界級西班牙球星，都在西甲聯賽的球員名單當中。大家熟知的葡萄牙籍「C 羅」羅納度（Cristiano Ronaldo），以及阿根廷籍的梅西（Lionel Messi），都是在西甲聯賽中發光發熱的球員。

▲ 2012 年巴塞隆納和皇馬的對戰畫面

▲馬德里競技球隊

西甲聯賽採主客雙循環賽制，每支隊伍與其他各球隊分別比賽兩次，主客各一次。獲勝的一方可以取得 3 分，落敗的一方 0 分，平手時兩隊各得 1 分，總積分最高的則為冠軍。不過，聯賽冠軍幾乎都是皇家馬德里（Real Madrid C. F.）和巴塞隆納隊（F. C. Barcelona）兩強爭霸的局面，世界球迷的關注焦點也放在這兩隊上。直到 2020-21 賽季為止，皇家馬德里共獲得 34 次冠軍，巴塞隆納則有 26 次。而除了這兩隊以外，馬德里競技（Atlético de Madrid）隊近年的表現也相當活躍，在 2013-14 賽季奪冠後，一直保持不錯的成績，儼然成為聯賽第三強。

在歐洲的足壇上，西甲的球隊也是常勝軍。舉凡歐洲冠軍聯賽、歐洲超級盃，都有多次西甲球隊奪冠的紀錄。也因為如此，西班牙國民對足球非常自豪，也很熱衷於觀看足球賽事。有機會遇到西班牙人的話，不妨跟他們聊聊足球，想必可以很快地拉近彼此的距離，增加更多聊天話題。

la trompeta
f. 號角、喇叭

el matasuegras
m. 派對吹笛

el aplaudidor
m. 拍手器

el megáfono
m. 大聲公

el diadema con banderas
m. 隊旗髮飾

el pompón de animadora
m. 啦啦隊彩球

la camiseta
f. 球衣

la bandera
f. 國旗

el tatuaje temporal (adhesivo)
m. 紋身貼紙

▸▸▸ 02 比賽 el partido

09-1-3.mp3

足球員的位置有哪些？

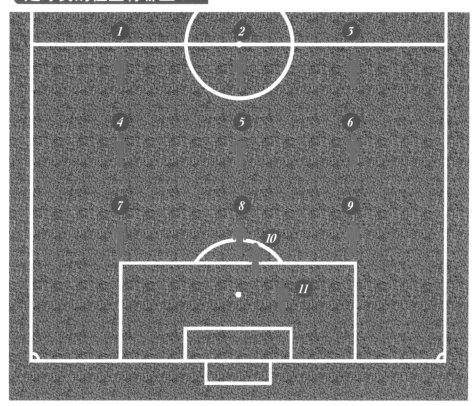

el entrenador / la entrenadora m./f. 教練
el capitán / la capitana m./f. 隊長

el delantero 前鋒

1 **el/la extremo izquierdo/a** m./f. 左邊鋒
2 **el/la delantero/a centro** m./f. 中鋒
3 **el/la extremo derecho/a** m./f. 右邊鋒

el mediocampista 中場

4 **el/la interior izquierdo/a** m./f. 左中場
5 **el/la mediocampista central** m./f. 正中場
6 **el/la interior derecho/a** m./f. 右中場

la defensa 後衛

7. **el/la defensa izquierdo/a** m./f. 左後衛
8. **el/la defensa central** m./f. 中後衛
9. **el/la defensa derecho/a** m./f. 右後衛
10. **el/la líbero** m./f. 自由後衛
11. **el portero / la portera** m./f. 守門員

足球積分表上會出現什麼？（括號內為西語縮寫）

1. **la tabla de posiciones**
   f. 排名表
2. **el grupo ~** m. 第～組
3. **la posición (Pos.)** f. 排名
4. **el equipo** m. 球隊名稱
5. **los partidos jugados (PJ)** m. 已完成比賽數
6. **los partidos ganados (G)** m. 獲勝比賽數
7. **los partidos empatados (E)** m. 平手比賽數
8. **los partidos perdidos (P)** m. 落敗比賽數
9. **los goles a favor (GF)** m. 進球數
10. **los goles en contra (GC)** m. 失球數
11. **la diferencia de goles (Dif. / DG)** f. 淨勝球
12. **los puntos (Pts.)** m. 積分

足球的基本動作有哪些？

el regate
m. 盤球

el pase
m. 傳球

la entrada
f. 鏟球

el saque de banda
m. 界外球（從邊線外丟球入場）

el tiro
m. 射門

el cabezazo
m. 頭槌

la chilena
f. 倒掛金鉤

el control con el pecho
m. 胸口停球

el tiro desde el punto penal
m. 十二碼射球（PK 戰使用）

Football Referee Signals

1. Referee
2. Indirect Free Kick
3. Direct Free Kick
4. Yellow Card
5. Red Card
6. Play On
7. Penalty Kick

8. Offside
9. Offside Location
10. Substitution
11. Goal
12. Disallowed Goal
13. Corner Kick
14. Jumping

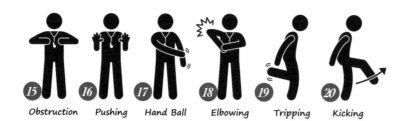

15. Obstruction
16. Pushing
17. Hand Ball
18. Elbowing
19. Tripping
20. Kicking

❶ el árbitro / la árbitra
m./f. 裁判

❷ el tiro libre indirecto
m. 間接自由球

❸ el tiro libre directo
m. 直接自由球

❹ la tarjeta amarilla f. 黃牌

❺ la tarjeta roja f. 紅牌

❻ la aplicación de la ventaja (continuar)
f. 運用有利條款（繼續比賽）

7 **el tiro penal** m. 罰十二碼球

8 **fuera de juego** 越位

9 **la posición de fuera de juego** f. 越位位置

la parte cercana del campo f. 球場近端（斜下舉旗）

el centro del campo m. 球場中端（平舉旗子）

la parte más alejada del campo f. 球場遠端（斜上舉旗）

10 **la sustitución** f. 換人

11 **el gol** m. 進球

12 **el gol anulado** m. 進球無效

15 **el saque de esquina** m. 角球

14 **saltar sobre un adversario** 跳向對手

15 **sujetar a un adversario** 抓住對手（拉球衣）

16 **empujar a un adversario** 推人

17 **tocar el balón con la mano** 手球（用手碰球）

18 **darle un codazo a un adversario** 肘擊

19 **hacer una zancadilla a un adversario** 絆人

20 **darle una patada a un adversario** 踢人

◆ **Tips** ◆

慣用語小常識：加油篇

在球賽的過程中，球場上的各種變化，都讓電視機前及現場的觀眾們情緒激昂。尤其在進球的時候，或是在分數差距越拉越大時，就會聽到球迷們說 "¡Toma ya!"。tomar 這個動詞有很多意義，例如「取得」、「飲用」、「拿」等等，而在 "¡Toma ya!" 這個用法中，則是對於當下剛達成的某件事表示高興、驚嘆，類似英文所說的 "Wow! look at this!"。

¡Toma ya! El Real Madrid ha ganado el partido por 5 goles contra 1.
哇！你看！皇家馬德里隊已經以 5 比 1 贏得了比賽。

♦♦♦ Capítulo 2

La pista*/cancha de baloncesto 籃球場

這些應該怎麼說？

籃球場

* pista 為西班牙用語，
cancha 為拉美用語

09-2-1.mp3

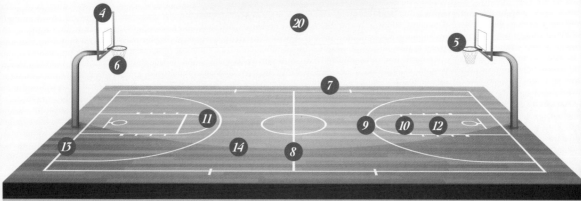

① **el marcador** m. 計分板

② **el equipo local** m. 主隊

③ **el equipo visitante** m. 客隊

④ **el tablero** m. 籃板

⑤ **la canasta** f. 球籃
　　el aro m. 籃框

⑥ **la red** f. 籃網

⑦ **la línea lateral** f. 邊線

⑧ **la línea central** f. 中線

⑨ **la línea de tres puntos** f. 三分線

⑩ **la línea de tiros libres** f. 罰球線

⑪ **el semicírculo de tiros libres**
　　m. 罰球區

⑫ **la zona restringida**
　　f. 禁區（簡稱 la zona）

⑬ **la línea de fondo** f. 底線
⑭ **el suelo** m. 地板
⑮ **la posesión** f. 球權
⑯ **el tanteo** m. 得分
⑰ **la situación de penalización**
f. 加罰狀態（同一隊在同一節犯規次數
過多，之後每次犯規對方皆可多獲得一
次罰球）

⑱ **la falta** f. 犯規
la violación f. 違例
⑲ **el cuarto**
m. 節次（每場比賽分為四節）
⑳ **la pista/cancha de baloncesto** f. 籃球場

籃球場人員

㉑ **el entrenador /
la entrenadora** m./f. 教練
㉒ **el jugador / la jugadora**
m./f. 籃球員
㉓ **el sustituto / la
sustituta** m./f. 替補球員

㉔ **el ataque** m. 進攻
㉕ **la defensa** f. 防守
㉖ **el árbitro / la árbitra**
m./f. 裁判
㉗ **el espectador /
la espectadora** m./f. 觀眾
㉘ **el balón** m. 球

313

慣用語小常識

pillar un rebote 「接到籃板球」？

在籃球術語中，籃板球「el rebote」是「反彈」的意思，表示球打到籃板之後（沒進球）而反彈。通常我們可以用 coger el rebote 來表達「接到籃板球」，但 pillar un rebote 這個慣用語卻是完全不同的意思。雖然動詞 pillar 也表示「接住」，但在這裡是表達「非常生氣」的意思。

Enrique pilló un rebote ayer, porque acabó de comprar una autocaravana y chocó contra un árbol enorme sin darse cuenta.
安立奎昨天很氣憤，因為他才剛買了一台露營車，就不小心撞到了一棵大樹。

而說到西班牙的球類運動，雖然足球是最受歡迎的，但籃球也不遑多讓。目前西班牙男籃的國際排名位居第二，僅次於美國，很大的原因在於國內有成熟的職籃聯賽體系，也有許多讓青少年磨練經驗的賽事，讓籃球人才獲得完善的發展。西班牙傲視歐洲的籃球實力，也進一步推升了國內的籃球風氣。

在籃球場會做什麼呢？ ▶▶▶▶▶ ▶ ▶ ▶ ▶ ▷ ▷ ▷

••• 01 籃球比賽 un juego de baloncesto

09-2-2.mp3

◀ 籃球員的位置有哪些？ ▶

1 **las posiciones de jugadores de baloncesto**
f. 籃球員位置

2 **el/la base** m./f. 控球後衛

3 **el/la escolta** m./f. 得分後衛

4 **el/la alero** m./f. 小前鋒

5 **el/la ala-pívot** m./f. 大前鋒

6 **el/la pívot** m./f. 中鋒

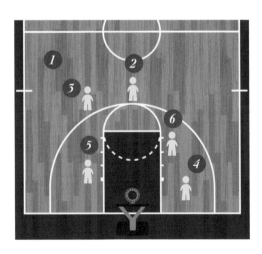

Referee　Start clock　Stop clock　Time-out　Jump Ball　Substitution　Beckoning

1 Point　2 Point　3 Point　3 Point (success)　Cancel Score　24 Second Reset　Player Foul

Travelling　Technical Foul　Pushing　Blocking　3-Second Violation　Intentional Foul

① **el/la árbitro/a** m./f. 裁判

② **iniciar el reloj** 開始計時

③ **detener el reloj** 停止計時

④ **el tiempo muerto**
m.（球隊教練提出的）比賽暫停

⑤ **el salto entre dos** m. 跳球（爭球）

⑥ **la sustitución (el cambio de jugador)** f. (m.) 換人

⑦ **la autorización para entrar**
f.（換人時）准許入場

⑧ **un punto** m. 一分

⑨ **dos puntos** m. 兩分

⑩ **el intento de tres puntos**
m. 三分球試投

⑪ **el tiro convertido de tres puntos** m. 三分投籃成功

⑫ **anular canasta** 取消得分

⑬ **el reinicio del reloj de lanzamiento**
m. 重設投籃計時鐘（進攻時間限制）

⑭ **la falta personal** f. 個人犯規

⑮ **el avance ilegal** m. 走步違例

⑯ **la falta técnica** f. 技術犯規

⑰ **empujar** 推人

⑱ **el bloqueo / la pantalla ilegal**
m./f.（守方）阻擋／（攻方）掩護犯規

⑲ **la violación de tres segundos**
f. 三秒違例

⑳ **la falta antideportiva**
f. 違反運動道德的犯規

㉑ **el golpe en la cabeza**
m. 打頭（犯規）

09-3-1.mp3

游泳池配置

① **el/la socorrista** 救生員
② **la tumbona** f. 躺椅
③ **la piscina** f. 游泳池
④ **la escalera** f. 梯子
⑤ **la cuerda del carril** f. 水道繩
⑥ **la toalla** f. 毛巾
⑦ **el suelo** m. 地板

⑧ la señal de advertencia de suelo mojado f. 地板濕滑（警告）標示

⑨ el pasamanos m. 扶手

⑩ la piscina climatizada f. 溫水池

⑪ la taquilla f. 置物櫃

⑫ el vestuario f. 更衣室

⑬ la piscina para niños f. 兒童池

◆ **Tips** ◆

慣用語小常識：游泳篇

在比賽中獲得的金牌，西班牙語稱為「medalla de oro」。但慣用語「nadar en oro」可不是「游泳得金牌」的意思哦！正確的字面意義是「在黃金裡游泳」，所以這是比喻一個人的錢多到滿出來，好像可以在裡面游泳一樣。除此之外，「nadar en dinero」（在錢裡面游泳）也可以表示「很富有」的意思。「hacerse de oro」（把自己變成黃金做的）則是「賺大錢、發大財」的意思。

Alex nada en oro después de vender los pisos situados en el centro de Madrid.
艾力克斯賣了位在馬德里市中心的公寓之後，變成一個有錢人。

在游泳池會做什麼呢？

01 泳具 el equipamiento de natación

09-3-2.mp3

游泳用品有哪些？西班牙語怎麼說？

1 **el equipamiento de natación**
m. 泳具（總稱）

2 **el bañador**
m. 泳衣

3 **la toalla**
f. 毛巾

4 **la botella de agua**
f. 水壺

5 **el cronómetro**
m. 碼表

6 **las gafas de natación**
f. 泳鏡

7 **el bañador masculino**
m.（男用）泳褲

8 **el silbato**
m. 哨子

9 **las chanclas de piscina**
f. 泳池拖鞋

10 **el gorro de natación**
m. 泳帽

11 **los tapones para los oídos**
m. 耳塞

12 **la pinza para nariz**
f. 鼻夾

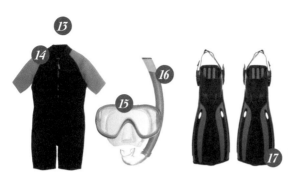

⑬ el equipo de buceo
　m. 潛水設備

⑭ el traje húmedo m. 潛水衣

⑮ la máscara de buceo
　f. 潛水目鏡

⑯ el tubo de buceo
　m. 潛水呼吸管

⑰ las aletas f. 蛙鞋

常見的游泳輔具有哪些？西班牙語怎麼說？

la colchoneta inflable/ hinchable (para piscina)
f. 充氣墊

los manguitos de natación/piscina
m. 充氣臂圈

el flotador
m. 游泳圈

el sillón flotador
m. 充氣椅

el salvavidas
m. 救生衣

la tabla de natación
f. 浮板

09-3-3.mp3

常見的泳姿有哪些？西班牙語怎麼說？

el estilo libre/crol
m. 自由式

el estilo espalda
m. 仰式

el estilo perrito
m. 狗爬式

el estilo mariposa
m. 蝶式

el estilo braza/pecho
m. 蛙式

la natación de costado
f. 側泳

你知道嗎？ ◀▶▶▶▶▶▶▶▶▶▶▶

夏日戲水是西班牙人不可或缺的活動！

西班牙的夏天溫度很高，所以到了夏天，西班牙人喜歡到泳池（la piscina）游泳，或是和朋友一起到海灘（la playa）玩水。熱愛曬太陽的西班牙人，並不介意陽光將膚色曬得黝黑，到沙灘上一起享受陽光。

如果有機會到西班牙旅遊，以下推薦一個馬德里著名的天然泳池（la

piscina natural），及西班牙人最愛的沙灘之一給大家。

距離馬德里市中心 74 公里遠的洛索亞河畔布伊特拉戈天然泳池（La piscina natural de Buitrago del Lozoya），緊鄰 Riosequillo 水庫，屬於 Riosequillo 休閒區（Área Recreativa de Riosequillo）的一部分。休閒區腹地廣闊，除了游泳以外，還可以踢足球、打籃球、騎腳踏車、散步欣賞整片綠地和樹林。這裡每年從 6 月 15 日開放到 8 月底，營業時間是上午 11 點到傍晚 8 點。不過，因為水庫工程的關係，這裡從 2020 到 2021 年都暫停開放，建議安排行程前先確認營業資訊。

▲ 聖塞巴斯提安海灘

另一個要介紹給大家的西班牙海灘，是位於西班牙北部聖塞巴斯提安（San Sebastian）的貝殼海灘（la playa de La Concha），因為海岸線呈現極為圓滑的弧狀而得名。這座沙灘屬於淺底的沙質海灘，走在沙灘上不扎腳，整個沙灘維護良好，乾淨又舒適。2007 年，貝殼海灘被列為西班牙十二塊寶之一，不只受到西班牙人青睞，也是觀光客到訪當地必遊之處。

Capítulo 1

Las fiestas / los días festivos 節日

10-1-1.mp3

這些該怎麼說？

聖誕夜 la Nochebuena

1. **la comida navideña** f. 聖誕大餐
2. **el vino tinto** m. 紅酒
   補充：**el vino blanco** m. 白酒
3. **el champán / la cava*** m./f. 香檳／西班牙氣泡酒
4. **la vela** f. 蠟燭
5. **la diadema navideña** f. 聖誕頭飾
6. **el gorro navideño** m. 聖誕帽
7. **el calcetín navideño** m. 聖誕襪
8. **el árbol navideño** m. 聖誕樹
9. **la decoración navideña** f. 聖誕裝飾

* 兩者本質上是相同的，但因為只有法國香檳區能使用香檳的名稱，所以西班牙改稱為 cava。

◆ Tips ◆

文化小常識：西班牙的聖誕老人

在歐美以及其他許多國家，小朋友們都聽過聖誕老人（Papá Noel）的故事，也期待他在每年 12 月 24 日的聖誕夜把每個人想要的禮物放進聖誕襪裡。不過，在西班牙、阿根廷、墨西哥、巴拉圭和烏拉圭，傳統上小朋友拿到的禮物並不是穿紅衣服、留白色大鬍子的老爺爺所送的，而是三位來自東方的聖者，稱為 los Reyes Magos（三王）。相傳在耶穌誕生的時候，伯利恆的天空出現一顆非常明亮的星星，指引東方三位聖徒智者找到瑪利亞生下耶穌的馬槽，並且將他們帶來的黃金、乳香和沒藥獻給剛出生的小耶穌。

在西班牙，小朋友們會期待在每年 1 月 6 日的三王節（el Día de Los Reyes）早上，收到三王放在聖誕樹下的禮物。在過去一年表現得很好的小朋友，會收到想要的禮物，而如果收到煤炭糖果（el caramelo de carbón），就表示過去一年的表現不是很好，所以三王沒有實現他們的願望。小朋友們也會在三王節前寫信給他們，寫下自己的願望，希望可以得到自己想要的禮物。不過，近年由於外來文化的影響，除了三王節以外，很多家長在聖誕節也會準備禮物給小朋友，代表聖誕老人來送禮。

西班牙有哪些節日及慶典？

la Semana Santa
f. 聖週（復活節前的一週，通常是 3 月底到 4 月初）

el Día de la Madre
m. 母親節（西班牙定於 5 月第一個星期日）

el Día del Padre
m. 父親節（3 月 19 日）

la Nochebuena
f. 聖誕夜（12 月 24 日）

la Nochevieja
f. 新年前夕（12 月 31 日）

el Día de los Enamorados
m. 情人節（2 月 14 日）

las Fallas
f. 瓦倫西亞法雅節（3 月 15-19 日）

las Fiestas de San Fermín
f. 聖費爾明節（7 月 6-14 日，其中的 encierro〔奔牛〕活動最為知名）

la Fiesta/Noche de San Juan
f. 聖約翰節（6 月 23 日晚上）

la Tomatina
f. 番茄大戰（8 月最後一個星期三在 Buñol 舉行）

la Mercè
f. 聖梅爾賽節（9 月 24 日，巴塞隆納在當天和前幾天舉行各種活動）

el Carnaval
m. 狂歡節（各地期間不同，從 1 月底到 3 月初都有）

西班牙的國定假日

名稱	中文	日期
el Año Nuevo	新年	1 月 1 日
el Día de los Reyes Magos	三王節	1 月 6 日
el Viernes Santo	聖週五	復活節（la Pascua）前的星期五，是全國公休日，有些地區聖週四（el Jueves Santo）也放假。復活節通常是 3 月底或 4 月初的某個星期日。
el Día del Trabajo	勞動節	5 月 1 日
la Asunción de la Virgen María	聖母升天日	8 月 15 日
el Día de la Hispanidad	西班牙國慶日	10 月 12 日
el Día de Todos los Santos	諸聖節	11 月 1 日，西班牙人掃墓的日子
el Día de la Constitución	行憲紀念日	12 月 6 日
la Inmaculada Concepción	聖母始胎無染原罪節	12 月 8 日
la Navidad	聖誕節	12 月 25 日

◆ Tips ◆

慣用語小常識：Año nuevo, vida nueva

西班牙有句諺語 Año nuevo, vida nueva，字面上的意思是「新的一年，新的人生」。對西班牙人來說，每年的一月一號除了是一年的第一天，也是一個轉變的開始。這個轉變代表著揮別過去（包括不好的習慣，或是沒有做好的事情），迎向新的、美好的開始。在新年的開始，他們會檢討

過去的自己，並立下新的目標，期許自己可以在新的一年達到。大多數的人會立定的目標，其實對我們台灣人來說也很常見，例如要增加運動讓自己更健美、改掉不好的飲食習慣，或是戒除不好的生活習慣，甚至是學習新的知識，例如學一種新的外語。「新年新希望」或是「一元復始，萬象更新」，都可以代表 Año nuevo, vida nueva 這句西班牙諺語的涵義。

在過節時會做什麼呢？

▶ ▶ ▶ ▶ ▶ ▶ ▶ ▶ ▶ ▶ ▶

01 慶祝 celebrar

10-1-2.mp3

常見的慶祝方式有哪些？西班牙語怎麼說？

ir de vacaciones
度假

reunirse
聚在一起

felicitar
恭喜，祝福

328

regalar
贈送（禮物）

brindar por
向…舉杯祝福

cenar con la familia
和家人共進晚餐

ir a la iglesia
上教堂

cantar villancicos
唱聖誕歌曲

comprar la lotería de Navidad
買聖誕彩券

salir con los amigos
和朋友出門

ver la tele
看電視

comer doce uvas
吃 12 顆葡萄

文化小常識：西班牙人的跨年活動

相對於新年（el año nuevo），12 月 31 日的跨年夜在西班牙語中稱為「舊的夜晚」（la nochevieja）。在西班牙，最著名的跨年倒數活動就在馬德里的太陽門（la Puerta del Sol）舉行。每年到了跨年夜這一天，電視台和電台都會同步轉播在太陽門的倒數活動，電視主持人會穿著華麗正式的服裝，準備香檳及代表幸運的 12 顆葡萄，準備在鐘聲開始響起時，一顆顆吃下這些葡萄。每個城市的廣場，都有敲鐘吃葡萄的習俗，每敲一聲就吃一顆，每一顆代表來年的一個月分，可以順利吃完這些葡萄的人，就會有幸運的一整年。倒數完畢之後，大家會開香檳互相祝賀。這一天的晚上，西班牙人會跟家人聚在一起看轉播，有的人也會出門跟朋友一起慶祝。在新年的幾週之前，街道巷弄裡也會開始掛起一個又一個的華麗燈飾，妝點整個城市。隨著年節假期的到來，大家也會開始採買年節的賀禮及年菜。新年的假期從 12 月 22 日左右開始，一直到 1 月 6 日三王節。然後，緊接著就是 1 月 7 日開始的大打折（Las rebajas）。

••• 02 傳統美食及甜點 los platos y postres tradicionales

10-1-3.mp3

從聖誕節到新年的假期，有哪些必吃的食物及點心呢？

el turrón
m. 杏仁糖

el mazapán
m. 杏仁餅

el caramelo de carbón

m. 煤炭糖果

el bombón

m. 巧克力糖

el polvorón

m. 甜酥餅

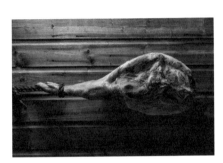

el jamón (entero)

m.（整支）火腿

el cerdo

m. 豬肉

las lentejas

f. 扁豆

el roscón de reyes

m. 三王節甜麵包

特定節日祝福的話，西班牙語怎麼說？

1. **¡Feliz Año Nuevo!** 新年快樂！

2. **¡Feliz Navidad!** 聖誕快樂！

3. **¡Que tenga un buen año!** 祝福您有美好的一年！

4. **Te deseo un año lleno de prosperidad.** 祝你有順遂美好的一年。

5. **Te deseo salud, amor y prosperidad.**
   祝你身體健康、感情順利、一切順遂。

6. **¡Que este año sea mejor que el anterior!**
   希望（你）今年比去年更好！

◆ Tips ◆

文化小常識：西班牙人的新年習慣和「開運年菜」

新年的開始，象徵告別過去舊的一年。華人在農曆春節前會打掃家裡、除舊布新，也會採買象徵吉祥及好運的年貨，並烹煮期許來年順利、財源廣進、好運到來的美味年菜。在西班牙，人們迎接陽曆新年時也有一些類似的習慣。

在新年到來前，西班牙人也會把家裡打掃一遍，象徵新的一年可以有全新的美好開始。西班牙人同樣也有在新年時穿新內衣的習慣，但和台灣人為了開運、招財而專挑紅色內衣褲不太一樣，在西班牙是配合不同的願望來選擇顏色：黃色內衣代表錢財，紅色代表熱情及愛情，白色代表和平等等。

西班牙也有可說是「開運年菜」的傳統。過年過節一定會有的魚和豬肉是不可少的，兩種食材都代表豐盛及財富。除此之外，西班牙很常食用的豆類（la legumbre）也是很常出現在餐桌上的食材。在豆類之中，由於扁豆（las lentejas）圓扁的外型類似錢幣，所以以象徵帶來財富的意思。有些家庭也會選擇綠葉或是高麗菜類的蔬菜，也是取其顏色近似鈔票綠色的含意。雖然台灣和西班牙迎接新年的方式各自不同，但為新的一年立下新目標、期望美好未來的想法都是一樣的。

▲太陽門廣場聖誕燈飾，燈飾會一直保留到新年過後。

Capítulo 2

La boda 婚禮

這些應該怎麼說？

10-2-1.mp3

婚禮現場

1 **la boda** f. 婚禮
2 **la iglesia** f. 教堂
3 **el altar** m. 祭壇
4 **la cruz** f. 十字架
5 **el arreglo floral**
f. 花藝布置，插花

6 **el ramo de la novia** m. 新娘捧花

7 **arrojar los arroces** 撒米

8 **el banquete** m. 宴會

9 **el confeti** m. 碎紙花

♦ **Tips** ♦

文化小常識：media naranja

有的人會形容一對情侶或是夫妻的結合，如同找到自己的「另一半」，因為找到了這失落已久的靈魂伴侶，人生才能完整。西班牙語當中，對於「找到另一半」也有非常相似的說法，西班牙人會說找到靈魂契合的伴侶是 encontrar su media naranja（找到他的半個橘子）。media naranja 的說法，源自柏拉圖（Platón）以對話形式討論「愛」的作品〈會飲篇〉，喜劇作家亞里斯多芬  （Aristófanes）對於愛的一段詮釋：人類原本是像橘子一樣圓圓的生物，有兩張臉、四隻手、四隻腳，是男性與男性、女性與女性或男性與女性的結合。這樣的人類後來被一分為二，因為失去另一半的失落，使得他們開始尋找自己的靈魂伴侶。柏拉圖也藉此解釋「愛」與「戀情」的產生。

當我們在人生中找到原本失去的另一半，就如同只有半個橘子的不完美，再次回到完美的狀態。而這份完美，就是柏拉圖和亞里斯多芬的對談中對愛的詮釋。

西班牙式婚禮

西班牙因為天主教盛行的關係，許多人會選擇在教堂結婚。除了這種宗教婚禮（la boda religiosa）以外，也有稱為「民事婚禮」（la boda civil）的公證結婚。宗教婚禮在教堂舉行，由神父擔任證婚人主持儀式。在舉行婚禮之前，男女雙方必須先準備一些必要的文件，例如單身證明（el certificado de soltería）、婚前課程證明正本（el certificado original del curso prematrimonial）及雙方各自的民事登記影本（la copia de registro civil）等等的資料，並且向該教區的教堂提出申請。不透過教堂辦理結婚的人，就要在市政府登記結婚。這種公證結婚由地區首長或法官證婚，證婚人及新人在登記的指定日期，在市政府完成必要程序，取得兩人的戶口名簿（libro de familia）。

公證結婚的新人不會刻意穿著特別的服裝。相反的，如果是在教堂舉行的婚禮，無論新人或是親友，都會穿著正式服裝出席。婚禮中必備的物品，除了婚戒（las alianzas）之外，西班牙還有一樣類似台灣嫁妝的東西：las arras（婚禮錢幣）。錢幣總共有 13 個，這些錢幣並不是可以實際流通買賣的錢幣，而是象徵共享財富的象徵性錢幣。這項傳統，是宗教婚禮獨有的。

▲ 稱為「arras」的婚禮錢幣

▲ 賓客朝著新人撒米

除了新郎、新娘之外，婚禮中不可少的還有新娘的父親和新郎的母親。在西班牙的婚禮當中，大多沒有伴娘及伴郎，這一點和台灣不同。教堂婚禮結束後，親友們會在兩旁列隊準備，當新人步出教堂時，大家會對著他們撒米（arrojar los arroces），祝福他們多子多孫多財富。婚禮後的宴會，會邀請許多親朋好友一起來慶祝，人數有的可以高達 150-300 人。

在台灣的婚禮當中，我們常會採用紅色的物品來代表喜氣，例如：紅包、新娘的紅色旗袍裝、雙方家長衣服上紅色的花飾等等。在西班牙，也有傳統上代表喜氣的物品。例如借來的東西（代表著與朋友、家人的連結）、舊的或使用過的東西（代表與過去的連結）以及藍色的東西（代表忠貞）。無論在哪個國家、採用哪種形式，祝福新人從此開啟幸福家庭生活的心意都是一樣的。

在婚禮時會做什麼呢？

··· 01 ── 在婚禮上 en la boda

10-2-2.mp3

婚禮上常見的人有哪些？

1. **el novio** m. 新郎
2. **la novia** f. 新娘
3. **el testigo** m. 證婚人
4. **el padrino (de boda)**
   m. 陪伴新娘的男性長輩（通常是父親）
5. **la madrina (de boda)**
   f. 陪伴新郎的女性長輩（通常是母親）
6. **los invitados** m. 受邀賓客
7. **las damas de honor** f. 伴娘們
8. **los acompañantes del novio** m. 伴郎們
   （註：西班牙婚禮通常沒有伴娘、伴郎）

常做的事有哪些？西班牙語怎麼說？

dar un discurso
致詞

intercambiar las alianzas
交換婚戒

besar a la novia
親吻新娘

337

abrazar
擁抱

inscribir el matrimonio
登記結婚

ser testigo de matrimonio
當證婚人

02 參加婚禮 asistir a la boda

在婚禮中有哪些常見的東西？西班牙語怎麼說？

10-2-3.mp3

el velo
m. 頭紗

el vestido blanco
m. 白紗禮服

el chaqué
m. 晨禮服

el libro de familia
f. 戶口名簿

el acta de matrimonio
f. 結婚證書

la tarjeta de invitación
f. 邀請卡

el traje
m. （男士的）整套西裝

el ramillete de muñeca
m. 腕花

la flor en el ojal
f. （男士的）胸花

婚禮祝福用語

1. **¡Que seáis felices!** 祝你們幸福！
2. **Os deseo toda la felicidad y mucha suerte de todo corazón.** 我衷心祝福你們幸福快樂。
3. **¡Que los días que compartiráis juntos estén llenos de la alegría!** 祝福你們未來共享的日子都充滿喜悅！
4. **¡Felicitaciones por vuestra boda!** 新婚快樂！
5. **Espero que siempre os améis como este día.** 我祝你們永浴愛河（永遠像今天一樣相愛）。
6. **¡Que disfrutéis de una vida matrimonial llena del amor y la felicidad!** 祝福你們享受充滿愛與幸福的婚姻生活！

10-2-4.mp3

常做的事有哪些？西班牙語怎麼說？

lanzar el ramo de novia
丟捧花

brindar por
向…敬酒

echar/verter el champán
倒香檳酒

cortar la tarta nupcial
切婚禮蛋糕

bailar el vals
跳華爾滋

cenar en un restaurante lujoso
在豪華餐廳吃晚餐

文化小常識：婚宴篇

▲ 新人用劍切蛋糕

西班牙式婚宴通常都會定在週六的午餐或是晚餐時段，地點大多選在豪華高級的飯店舉行。賓客們會在婚禮前準備好禮物，有的人會選擇致贈金錢，有的人會依照每對新人列出的希望送禮清單（大多是家電用品），選擇其中一樣當作賀禮。婚宴的餐點和西餐上餐的方式類似，會依照前菜、主菜然後甜點及咖啡的順序上菜。麵包、水及酒類在整個用餐過程都可以應需要添加。在用完主菜之後，新人會一起切下第一塊婚禮蛋糕。婚禮蛋糕大多會有兩到三層（2 o 3 pisos）。比較特別的一點是，新人們不是用刀，而是用劍（la espada）來切蛋糕。在婚禮快結束前，新人會一桌一桌將準備好的禮物送給賓客。西班牙的婚宴會進行很久，經常會超過 4-5 個小時。在用餐完畢之後，大家會留在餐廳繼續用點心，或是喝酒聊天，有時候還會有惡搞新人的餘興節目。

◆◆◆ Capítulo 3

La fiesta 派對

10-3-1.mp3

這些該怎麼說？

生日派對 la fiesta de cumpleaños

❶ el gorro/sombrero de fiesta m. 派對帽

❷ el globo m. 氣球

❸ la guirnalda de banderines
f. 成串的小旗子裝飾

❹ el matasuegras m. 派對笛

❺ la decoración de fiesta
f. 派對裝飾

❻ la tarta / el pastel de cumpleaños f./m. 生日蛋糕

❼ las bebidas f. 飲料

8 **las galletas** f. 餅乾

補充：**el piscolabis/tentempié** m. 輕食小點（通常是鹹食料理）

9 **el vaso de papel** m. 紙杯

10 **el plato de papel** m. 紙盤

11 **el vaso de plástico** m. 塑膠杯

補充：**el vaso/plato de usar y tirar** m. 免洗杯／盤

10-3-2.mp3

在慶生時常做的事有哪些呢？

cantar la canción de cumpleaños
唱生日歌

pedir un deseo
許願

soplar las velas
吹蠟燭

cortar la tarta / el pastel de cumpleaños
切生日蛋糕

desenvolver el regalo
拆禮物

leer la tarjeta de cumpleaños
讀生日卡片

343

01 玩遊戲 jugar

10-3-3.mp3

常在派對中玩的遊戲有哪些？西班牙語怎麼說？

el juego de mesa
m. 桌遊

el parchís
m. 西班牙十字遊戲

el Monopoly
m. 地產大亨／大富翁

el ajedrez
m. 西洋棋

el juego de cartas/naipes
m. 紙牌／撲克牌遊戲

el escondite
m. 捉迷藏

除了生日派對之外，還有哪些派對？

la fiesta de bienvenida
f. 歡迎派對

la fiesta de pijamas
f. 睡衣派對

la fiesta de disfraces
f. 變裝派對

la fiesta de despedida
f. 歡送派對

la despedida de soltero
f. 告別單身漢派對

la despedida de soltera
f. 告別單身女派對

la fiesta de inauguración (de una casa)
f. 喬遷派對

la fiesta de cóctel
f. 雞尾酒派對

la fiesta de Navidad
f. 聖誕派對

慣用語小常識：**salirse con la suya**

在西班牙語裡，我們常會用到 ir, salir, venir 等表達行進方向的「來去動詞」。例如：ir a fiestas（去派對）、salir de paseo（出門散步）、venir a mi casa（來我家）…等等。其中 salir 這個動詞除了表示「離開」以外，還有「出門」、「和某人約會或交往」或「有…的結果」等等的含意。例如：Esta noche voy a salir con Ema.（今天晚上我要和艾瑪出門〔去玩〕），其中的 salir 不僅僅是出門而已，也表示進行娛樂與社交活動。

另外，salir 也有有代動詞的形式，表示「離開」或是「辭職」。不過，salirse con la suya（字面意義是「和他的東西離開」）這個慣用語表達的意思卻和「離開」無關，而是「達到某個目標、得到想要的事物」。

Alex va a estudiar en España este verano. Se ha salido con la suya.
艾利克斯今年夏天要去西班牙念書。他終於達成他的目標了。

02 跳舞 bailar

10-3-4.mp3

常見的舞蹈有哪些？西班牙語怎麼說？

1. **el ballet** m. 芭蕾舞
2. **la danza jazz** f. 爵士舞
3. **el baile de tap / el claqué** m. 踢踏舞
4. **la danza de vientre** f. 肚皮舞
5. **el baile de salón** m. 社交舞
6. **el baile swing** m. 搖擺舞
7. **el breakdance** m. 霹靂舞
8. **la danza moderna** f. 現代舞
9. **la danza latina** f. 拉丁舞

el tango
m. 探戈舞

el vals
m. 華爾滋

la salsa
f. 騷薩舞

el flamenco
m. 佛拉明哥舞

el pasodoble
m. 鬥牛舞

las sevillanas
f. 賽維亞舞
（Andalucía 的舞蹈）

la jota
f. 霍達舞
（Aragón 的舞蹈）

la sardana
f. 薩達娜舞
（加泰隆尼亞的舞蹈）

◆ Capítulo 3
La fiesta 派對

文化小常識：過生日要拉耳朵？

世界各國慶祝生日的方式有些相同的元素，但也有一些因文化而異。我們受到西方文化的影響，和大部分的國家一樣，會在生日當天或前幾天買蛋糕、唱生日快樂歌來慶祝，而壽星則會許願、吹蠟燭、收下親朋好友的禮物，並且和大家一起分享生日蛋糕。西班牙的生日慶祝也具備這些同樣的元素，但還有個特別

的習慣，稱為 los tirones de orejas（拉耳朵）。除了西班牙以外，如阿根廷、義大利等國家也有同樣的習慣。拉壽星耳朵慶祝生日的起源，有一些不同的說法。有一種說法認為，耳朵是人的身體器官中不停成長的部位，隨著年歲增長，耳朵也會長大，所以拉壽星的耳垂是祝福他長壽的意思。另一個傳說來自東方，據說東方國家的某個民族，認為耳朵的大小是智慧及壽命的象徵。雖然說法有些不同，但祝福長壽的意味是一樣的。

實境式 照單全收
片 字 部 錄

全國第一最完整、最詳細的全圖解單字書！
全場景實境圖解，「型」與「義」同時對照不用錯！
涵蓋在地生活、文化補充、應用短句／會話，絕對超值！

作者／簡孜宸
(Monica Tzuchen Chien)
附 MP3 光碟

作者／ Sarah Auda
附 MP3 光碟

作者／鄭雲英
附 QR 碼線上音檔

作者／張秀娟
附 QR 碼線上音檔

作者／小堀和彥
附 QR 碼線上音檔

作者／朴芝英
附 QR 碼線上音檔

我的第一本 課本系列

適合完全初學、從零開始的學習者！

編排簡單、淺顯易懂、學習無壓力、無負擔的初階教材，
自學、教學、旅遊、洽商、工作皆適用！

作者／姜在玉
附重點文法手冊＋MP3 光碟

作者／朴鎮權
附 MP3 光碟

作者／彭彥哲
附 MP3 光碟

作者／朴鎮亨
附 MP3 光碟

作者／李慧鏡
附 MP3 光碟

台灣廣廈 國際出版集團
Taiwan Mansion International Group

國家圖書館出版品預行編目（CIP）資料

實境式照單全收 圖解西班牙語單字不用背/鄭雲英著. -- 初版. --
新北市：國際學村出版社, 2021.11
面； 公分
ISBN 978-986-454-184-3（平裝）

1.西班牙語 2.詞彙

804.72　　　　　　　　　　　　　110015603

◉ 國際學村

實境式照單全收！圖解西班牙語單字不用背

照片單字全部收錄！全場景**1500**張實境圖解，讓生活中的人事時地物成為你的西班牙文老師！

作　　　者／鄭雲英
編輯中心編輯長／伍峻宏・編輯／賴敬宗
封面設計／張家綺・**內頁排版**／菩薩蠻數位文化有限公司
製版・印刷・裝訂／皇甫・秉成

行企研發中心總監／陳冠蒨
媒體公關組／陳柔彣
綜合業務組／何欣穎

發 行 人／江媛珍
法 律 顧 問／第一國際法律事務所 余淑杏律師・北辰著作權事務所 蕭雄淋律師
出　　　版／國際學村
發　　　行／台灣廣廈有聲圖書有限公司
　　　　　　地址：新北市235中和區中山路二段359巷7號2樓
　　　　　　電話：（886）2-2225-5777・傳真：（886）2-2225-8052

代理印務・全球總經銷／知遠文化事業有限公司
　　　　　　地址：新北市222深坑區北深路三段155巷25號5樓
　　　　　　電話：（886）2-2664-8800・傳真：（886）2-2664-8801
郵 政 劃 撥／劃撥帳號：18836722
　　　　　　劃撥戶名：知遠文化事業有限公司（※單次購書金額未滿1000元需另付郵資70元。）

■出版日期：2021年11月
ISBN：978-986-454-184-3